MARGARETHE
SCHELL VON NOÉ

Mutter ist die schönste Rolle

Margarethe
Schell von Noé

Mutter ist die schönste Rolle

Liebevolle Erinnerungen

Aufgezeichnet
von Helmut Walbert

Mit 25 Fotos

Langen Müller

Schutzumschlagmotiv: Die Autorin mit ihrer Tochter
Maria Schell

Bildnachweis

Archiv der Autorin: 2–15, 19, 20, 25, Schutzumschlag-Rückseite (2 obere Reihen); Kurt Blume, Bern: 16; Ilse Buhs/Jürgen Remmler, Berlin: 1; Franz Hug, München: 22; Helmut Neuper, Salzburg: 21; Photopress Bern–Zürich–Genève: 18; Pressebild, Bern: 17; Schneider-Press, München: 24; Marlies Schnetzer, München: 23; Heinz Völkel, München: Schutzumschlag-Rückseite (Gruppenbild)

Der Verlag konnte in einzelnen Fällen die Inhaber der Rechte an den reproduzierten Fotos nicht auffindig machen. Er bittet, ihm bestehende Ansprüche mitzuteilen.

Schutzumschlaggestaltung: Wolfgang Heinzel, Merching,
unter Verwendung eines Fotos von Bernd Böhm
Reproduktionen: Grafisches Atelier Krah, Geisenbrunn
Satz: Filmsatz Schröter GmbH, München
Gesetzt aus 10/12 Lino Walbaum auf Linotronic 300
Druck und Binden: Wiener Verlag, Himberg
Printed in Austria
ISBN: 3-7844-2392-2

Inhalt

Unter dem Kußbaum

Ich sitze manchmal unter einem Baum, in den vor fünfzig Jahren der Blitz eingeschlagen hat. Es heißt, der Blitz schlägt nie zweimal in ein und denselben Baum. Man muß Vertrauen haben.

Wie viele Bäume gibt es, in denen Erlebnisse hängen: die Tannen, die damals klein waren, und jetzt die Kinder dreimal überragen; die Esche, die ich neu gepflanzt habe, nachdem der Kinderbaum abgestorben ist. Es gibt so viele Bäume und so viele Erinnerungen.

Ich setze mich, wenn die Sonne sticht und es auf der Veranda zu heiß ist, in den Schatten des Baumes; unter den Teil des gespaltenen Baumes, der am meisten nach unten hängt, zum Tal hin, das mir, seit ich denken kann, wie unsere Wiege vorgekommen ist. Ich atme, und die Gefühle gehen ruhig.
Die weite Stille des Friedens, nur das Sirren der Insekten; manchmal das Taumeln der Schmetterlinge, bevor sie sterben, wenn die Sonne schon tief steht, aber dennoch mit Kraft gegen den Winter beißt.
Der rasche Flug der Schwalben, ob im Frühling oder im Herbst; hastiger als das Leben und die Gesänge der Vögel aus dem Wald ringsum. Der Baum gibt mir Schatten, wo ich auch sitze. Er atmet mit mir noch ein bißchen.

Wenn erst die dunkleren Schatten und danach bald die

Nacht heraufsteigt, sitze ich schon in der Stube bei den anderen. Es sind die Kinder, inzwischen von den Enkeln die Urenkel, die mir laut und lustig in die Nacht hinein die Schatten vertreiben. Am Tag sucht man sie auf, die Schatten, als Schutz gegen die Sonne; in der Nacht scheint die schönste Sonne in den Kindern.

Der Baum wird mich überleben, denke ich manchmal, wenn ich unter ihm sitze und in seinem Schatten ins Tal schaue. Das macht mich nicht traurig; das Überleben macht mich nicht traurig. Das Einsinken macht mich nicht traurig. Noch ist der Schatten eine Ruhe, ein Atemholen, ein Besinnen auf all die Geschichten des Lebens.
Gott hat mir ein gutes Leben geschenkt, gute Kinder, gute Enkel und Urenkel. Die Kleinsten scheinen mir manchmal wie Engel, wenn sie zwischen dem Stadl und dem Steinhaus spielen, als würden ihnen gleich Flügel wachsen und sie würden mich aus dem Tal heraustragen wollen. Aber dann kommt der Abend und sie spähen das Fernsehen aus, damit ihnen kein Geheimnis bleibt. Alles wollen sie wissen. Und wissen sie nicht auch längst schon alles? Sie müssen es nur merken. Sie staunen gern.

Und zum Staunen ist ihnen die Geschichte, an der sie eifrig mitgewirkt haben, vom Kuß unter dem Baum. Sie betrachten den Baum, unter dem ich sitze und wollen vom Kußbaum hören. Sie sehen ihre Eltern sich häufig küssen, und auch für die Kleinen ist Küssen nichts Besonderes. Um so mehr reizt es sie, von dem Baum zu erfahren, den ich damals nach meinem ersten Kuß von meinem Mann, als wir uns verlobten, empfangen habe. Daß ich für einen Kuß einen Baum gepflanzt habe, erscheint ihnen wundersam. Sie fassen die Rinde des Baumes, die spröde ist, treten in den Schatten und aus ihm wieder hinaus, betrachten den größten Teil des gespaltenen Baumes, der sich zum Tal neigt, sie suchen den Blitz, der den Baum gespalten hat.

Aber wenn wir die Zeit vor- und zurücklaufen lassen, wird doch in der Art, wie wir reden, auch ihnen klar, was dieser erste Kuß mir bedeutet hat.
Was macht es da aus, ob ich den Baum pflanzte, als wir als jung Verlobte damals hierher auf die Alm kamen oder ein Jahr später, als wir verheiratet waren und ich Maria unter dem Herzen trug. An meinen ersten Kuß habe ich jedenfalls gedacht, als ich den Baum pflanzte, in den vor fünfzig Jahren der Blitz eingeschlagen hat; dem ich jetzt seinen Schatten stehle, wenn es heiß ist und die Luft stillzustehen scheint, so daß ich schwer atme. Und wenn er mich überlebt, mag der Baum zu vielen Küssen Anlaß sein.
Die Kleinen üben schon den besonderen Kuß, dem der Baum sein Leben verdankt.

Sie haben mir die Geschichte vom Kußbaum mit hunderttausend Fragen entrissen, haben in die Fragen selber kleine Geschichten eingetragen, und so haben wir uns daran gewöhnt, das Besondere zu sehen.
Und so ist das Besondere vielleicht nur, daß man manchmal einen Augenblick innehält, daß man betrachtet, wie andere mit dem Innehalten umgehen; nein, so einfach darf man es sich nicht machen mit dem eigenen Leben.
Es ist abgelaufen und man hat es nicht gewußt. Ist es denn jetzt klarer, nachdem es fast vorbei ist?

Ich kannte meine Kraft damals nicht, und nichts von dem, was notwendig war, um das Leben zu leben. Daß der Mann, mit dem ich verheiratet war, ein weltberühmter Dichter werden würde, ist eine Hoffnung geblieben. Aber daß er ein großer Dichter war, spürte ich, wenn er seinen Arm um mich legte und mit seiner schönen ausdrucksvollen Stimme seine Gedichte vortrug.
Er schrieb sie in der Stille, und niemand durfte ihn dabei stören.

Daß der Baum mich gelehrt hat durch sein Sein, mein

Leben zu verstehen, meine Standhaftigkeit zu spüren und das Wachsen zu sehen, ist eine der Übertreibungen, die in die Geschichte um ihn herum eingeflossen ist.
Die Kinder brachten immer neue Hoffnungen an, und ich nickte, wenn sie schön genug waren, um sich einzufügen. Die Kinder brauchen die Hoffnung, und wir müssen uns anstrengen, um sie ihnen zu geben. Ist es nicht manchmal so oder so? Und man kann es betrachten nach oben oder nach unten. Weder die Kinder noch ich konnten den Blitzschlag aus dem Baum nehmen; aber daß er jetzt gespalten stark war, spürten sie. Der Baum hatte sich verändert, aber er war nicht gestorben. Und so übten sie übertriebene Küsse unter dem Wunderbaum.

Einiges an Übertreibung hat mein Mann in den Baum gebracht, als er noch kaum größer als ein Strauch war. Wie fröhlich konnte er sein und wie ausgelassen, daß sich der Baum sehr früh an sein Lachen gewöhnen mußte und sich wohl auch oftmals deswegen gebogen hat.
Mir ist das keine Hilfe, jetzt, da ich unser Leben herzeigen soll, wie es gewesen ist. Es hat langsame und schnelle Abläufe gegeben. Die schnellen waren so, daß ich erst später oder nie begriffen habe, was vorging. Aber auch den langsamen Abläufen habe ich nicht alles entreißen können. Und viel ist vergangen, ohne daß ich es begriffen habe.

Der Baum neigt sich bedrohlich mit einer Seite ins Tal hin. Und ich sitze darunter. Ich weiß, daß er mich nicht abschieben will in die Schatten, wenn sie am Abend aus dem Tal heraufziehen. Außerdem verlasse ich ihn, wenn es kühl wird, und man geleitet mich ins Steinhaus.
Der Baum steht fast neben der Hütte, in der wir damals mit unseren Kindern lebten; ich kenne die Hütte schon als meine Kinderheimat, wenn die Eltern mit uns auf der Alm waren.

Damals hatte mein Vater die Hütte als Jagdhütte zur Pacht. Inzwischen sind wir die Besitzer.

Die Urenkel spielen selten in der Nähe der Hütte, als gelte noch immer das Verbot meines Mannes, der Ruhe haben mußte für seine Dichtung.
Da, wo unsere Kinder gespielt haben, wächst jetzt der Wald hoch. Vielleicht ist es den Kleinen zu dunkel dort, weil sie sich vor den Geheimnissen fürchten, an denen ihre Großeltern, meine Kinder, gerissen haben.

Die alte Zeit ist eingesunken, die Zahlen verschwimmen, wenn ich sie greifen will, als lägen sie im Wasser. Ereignisse tauchen auf, die plötzlich eine andere Spur legen, wenn ich ihnen folgen will. Plötzlich, mit der Bewegung einer Hand an ein Kinn, sehe ich in einem Urenkel meinen Vater, meinen geliebten Vater vor mir auftauchen. Und ganz leise, um die Stimmung in dem jungen Gesicht nicht zu stören, verschwindet er wieder, behutsam und zärtlich und fürsorglich, wie mein Vater war.
Es ist ein wohliges Verschwimmen, eines ins andere. Die Kinder wachsen aus ihren Eltern heraus, aber die Zeit läuft einen Augenblick zurück, ein Gesicht verliert sich im anderen, Fremdes und Vertrautes bricht auf.

Manches ist schon sehr fremd, so als hätte das Alter einen entfernt. Ich weiß nicht, ob es das Alter ist. Aber ich sehne mich niemals zurück. Es war und ist gut, daß alles weitergegangen ist.
Es ist schön, dieses langsame Einnachten, wenn die Sonne versinkt und der Tag seine Ruhe bekommt.
Längst ist auch in der Hütte elektrisches Licht, und obwohl die Lämpchen ganz diskret aufblinken, wenn man sie einschaltet, es ist doch ein fremdes Element für mich seitdem in die Hütte gekommen, so als ob der Zusammenschluß von Vater und Opapa nicht mehr so intensiv wäre.

Die Träume waren damals dunkler, so scheint mir. Aber die Kinder würden schön schimpfen, wenn ihre Träume nicht mehr aus dem Fernseher kämen.
Wir haben mit den Knöpfen zu leben gelernt. Wir drücken die Knöpfe der Waschmaschine, und unsere Hände sind nicht mehr bleich und wächsern von der Lauge, die Knöchel aufgesprungen vom Waschbrett. Und es scheint so, als könnten wir mit den Knöpfen am Radio und Fernseher die Welt ein- und ausschalten.
Wir wissen mehr von der Welt, und das hat unsere Verantwortung gesteigert. Es ist ein demokratisches Zeitalter herangewachsen, und die Herren regieren nicht mehr weitab und im verborgenen.

Einer meiner ersten Eindrücke war der Blumenkorso im Prater in Wien. Meine Mutter hatte einen Fiaker gemietet – und mit diesem Pferdewagen, mit den »Schneeballen« auf und unter dem großen Dach, wohl auch alle Hoffnung auf alles Glück der Welt.
Ich erinnere mich an das Leuchten dieser herrlichen weißen Blütenbällchen.
Unser Kopf war nicht zu schützen, denn sie gingen auf uns nieder: Blütenbällchen, Blumensträuße, kleine Buketts. Besonders auf die Mutter fielen sie herab. Sie stand und wir saßen. Schön stand sie da und strahlend winkte sie. Und immer mehr Blumen regneten ihre Pracht auf unsere Mutter nieder.
Und was nicht sie traf, fiel auf uns.

Es war ein Tag ganz in der Sonne. Plötzlich hieß es, der Kaiser fahre vorbei.
Wo? fragten wir. Die Leute stürzten und hasteten, aber wir konnten den Kaiser nicht sehen. Dafür aber all die Offiziere in ihren schmucken blauen Ulanenuniformen.

An dieses strahlende Bild hat sich ein düsteres angehängt.

Ich weiß nicht mehr, ob es am gleichen Tag geschehen ist. Die Mutter spielte die Harfe, und während sie spielte, weinte sie. Ich ging zu ihr hin und sagte, es sei doch nicht schlimm, daß wir den Kaiser nicht gesehen hätten. Da lachte sie schrill.
Meine Schwester, die sie auch trösten wollte, ging hin und sagte dasselbe. Da stieß sie mit dem Fuß nach ihr.
Und als meine Schwester weinte, nahm ich sie in den Arm und erklärte ihr, die Tränen hätten mit dem Kaiser nichts zu tun, es sei, weil die Mama krank sei.

Es gibt zwei Worte aus dieser Zeit, vielleicht kamen sie auch etwas später. *Fallen* und *meistern.* Man durfte nicht fallen, sich nicht fallen lassen, man mußte das Leben meistern.
Die Worte kamen nicht von meinem Vater, der ein grundgütiger Mann war und uns Kindern manche Traurigkeit versüßte.
An meinen ersten Zirkusbesuch erinnere ich mich und welchen Eindruck der riesige Elefant auf mich machte. Vater erzählte uns Kindern eine Geschichte vom Elefanten.
Und seitdem, wenn die Worte fallen und meistern auftauchen, sehe ich die schrundige Lederhaut des Elefanten aus dem Zirkus vor mir.

Das schmiedeeiserne Treppengeländer

Als Kind habe ich mich gefragt, ob die Liebe wohl wäre, wenn es keine Menschen geben würde. Ich ging damals noch nicht in die Schule und konnte nicht lesen, trug aber zum Entzücken der Erwachsenen-Nachmittagsgesellschaften, zu denen meine Eltern einluden, kleinere und dann später auch größere Gedichte vor.

Das Kindermädchen übte diese Gedichte mit mir ein. Und in einem war auf besonders raunend geheimnisvolle Weise von der Liebe gesprochen worden, so daß ich sehr bald mir die Liebe als einen Ort grenzenloser Glückseligkeit vorstellte.
Der Ort mußte irgendwo im verborgenen liegen. Ich wagte niemand danach zu fragen, nicht einmal meinen geduldigen und stets freundlichen Vater.
Wo lag dieser Ort der Glückseligkeit, der Reinheit und der Jubelrufe?

Mein Mann hat einmal gesagt: »Für mich hat die Liebe mit dir begonnen.«
Und ich soll jetzt von dem Sturm berichten, der in Hermann Ferdinand tobte, der ihn umtrieb und wie zerzaust vor mir erscheinen ließ; dieses rumorende Tosen, das ich in ihm entfacht hatte und das dann so gewaltig über mir zusammenschlug.

Ich weiß nicht mehr, was er gesagt hat, als er mir seine

Liebe erklärte. Aber ich weiß noch, wie feurig seine Worte waren und wie sie sich einbrannten.
Auch jetzt, nach so vielen Jahren, kann ich nur Feuer und Sturm denken, wenn ich die Liebeserklärung spüre.

Wenn ich könnte, ich würde in dieses Haus in der Münchner Rheinstraße einkehren, wo ich damals wohnte, und in dem Hermann Ferdinand das schmiedeeiserne Treppengeländer, nach eigenem Bekunden, heraufstürmend zu mir fast eingerissen hätte. Aber das Haus steht nicht mehr.
Ich könnte es aufbauen Stein um Stein. Und während ich das denke, läßt das Zittern etwas nach, das mich damals so wie heute befallen hat.

Ich will die junge Frau, dieses Mädchen, das ich damals war, nicht sehen. Lieber stehe ich auf meinen alten Beinen, die mich kaum noch tragen, und halte mich am Holzgriff des Treppengeländers fest.
Mein Mann ist schon lange tot. Er ist längst in mir ins Atemlose gewachsen. Ich bin alt, weil ich noch lebe.
Und er stürmt jung an mir vorbei, reißt am Geländer, reißt sich hoch und will zu einer jungen Frau, will seine Augen lodern lassen, will mit hellen und dunklen Worten sie begeistern.

Müßte nicht wenigstens jetzt sein Atem stocken, wenn er mich sieht?
Soll ich ihn fragen?
Hermann Ferdinand, siehst du mich?
Das bin ich, zu der du willst.
Willst du das alles noch einmal?
Du weißt doch inzwischen, wie alles geworden ist. Willst du alles immer wieder, weil die Liebe ein Ort ist, der auch wäre, wenn wir nicht wären, so wie ich als Kind geglaubt habe.

Willst du das alles immer wieder, weil die Liebe ein Zustand ist, um den man kämpfen muß?

Er hört mich nicht. Er ist so jung und stürmisch, so süß und herb zugleich, so zart und streng.

Das Haus in der Rheinstraße existiert in meiner Erinnerung in Schatten und Licht. Manchmal ist mir sogar so, als würde es flackern. Ich sehe den matten Glanz vom grünlich schimmernden Ölschutzanstrich bis zur Schulter, dann darüber das gelbliche Weiß; in verspielten Schmiedeeisenschnörkeln das Treppengeländer.
Warum ist das Treppenhaus so stark in der Erinnerung geblieben? Ich bin doch nicht hinaufgestürmt und habe mir eine Braut geraubt.

Ich bin immer nur gegangen, langsam und in Gedanken an meine Rollen, die ich einübte und die ich spielen wollte.
Damals war ich wirklich langsam, jetzt bin ich es wieder; dazwischen war ich so schnell wie eine Hexe ohne Besen, so jedenfalls hat mein Sohn Carl mein Rennen umschrieben.

Gut, daß ich in das Haus in der Rheinstraße nicht mehr eintreten kann, wer weiß, was geschehen würde.
Vielleicht würde ich meinem Mann dort wirklich noch einmal begegnen.
Wir beide hatten manchmal die Kraft, unsere Träume wirklich zu sehen.

Daß ich es für einen Augenblick der Ablenkung mit meinen alten Beinen in der Erinnerung betreten habe, hat mir gutgetan. Das Zittern ist vorbei. Ich habe wieder genug Atem.
Um ehrlich zu sein, habe ich jetzt genausoviel Atem wie damals, als ich ja sagte.
Und er danach feierlich und etwas hölzern den Sturm in

sich begraben wollte, um ernsthaft und ganz mein Mann zu sein.
Er verließ mich, weil ich ihm versprochen war.
Ein neues Leben würde beginnen für ihn und mich.

Und ich? Hatte ich den Ort betreten, an dem die Liebe selig glücklich macht? Was war geschehen?
Ich hatte ja gesagt.
Ein Mann war gekommen, auf den ich nicht vorbereitet war. Wir waren als Jungfrauen erzogen worden. Und ich sage wir, weil ich weiß, daß ich nicht allein war.
Es gab keinen weichen, gleitenden Übergang. Der Mann, der es ernst meinte wie Hermann Ferdinand, mußte vorgehen, wie er es tat. Er mußte seine Braut der Kindheit entreißen, in die man sie wie für immer eingeschweißt hatte.

Hermann Ferdinand Schell war ein Schweizer Dichter; er hatte mächtige Worte, die sein Glühen in den Raum warfen. Aber er war auch sensibel und furchtsam.
Aus seinem Mund kamen die Worte manchmal wie Tropfen. Er nahm sie behutsam wie kostbare Tränen. Er breitete sie aus. Er ließ sie bedeutend und unbedeutend zugleich erscheinen.

Daß ich noch zwei Jahre warten wollte bis zur Heirat, sagte ich.
Ja, gut, warum nicht, sagte er.
Daß ich in den zwei Jahren weiter Theater spielen wollte, etwas festigen und fortsetzen, was ich gerade erst begonnen hatte. Theater, ja natürlich, Theater, sagte er.
Wie haben wir damals wirklich gesprochen? Ich weiß es nicht mehr.

Hatte er nicht begonnen, für dieses wunderbare Medium des Kontaktes zum höheren Sinn des Menschen zu schreiben? Lag da nicht alles nahe? Er schrieb und ich spielte.

Wie schön, wenn ich einmal das spielen könnte, was er schrieb.
Was hatten wir der Menschheit nicht alles mitzuteilen.

Wir wollten beide nicht die barbarische Räuberei, den Fuß dem anderen auf den Kopf setzen, die modische Härte und das Flirren und Sichverlieren in Sünde und Unzucht. Schiller, Goethe und Shakespeare – und Schell, das sagte er nicht, aber ich spürte es. Ich spürte es in allem, was er vortrug.
Die große Reihe. Ein junger Dichter darf übertreiben.

Er war nicht nur mit dem Sturm in meine Wohnung gekommen, getrieben vom Feuer, von Begeisterung und hohem Auftrag, mich zu gewinnen. Er konnte auch über den Sturm gebieten wie ein Zauberer. Er konnte ihn klein und verschwindend machen, so daß der Sturm in der Ecke kauerte, während er mir zuhörte.
Und behutsam gab er mir Antwort: daß er mich verstand, daß er meine Ängste teilte.
Meine Befürchtungen aber zerstreute er. Ich war seine reine Braut. Und nichts und niemand würde mich jemals verletzen, denn er wär standhaft und stetig. Er wär da für mich für immer, zu meinem Schutz.

Es war ein Mann gekommen, der hatte mich in seine Worte genommen. Seine Worte hatten eine Höhle gegraben, damit ich darin Unterschlupf finden konnte. Ich sollte nur hineinkriechen in die neue Welt.

Warum riß ich nicht die Fenster auf und schrie die frohe Botschaft laut hinaus?
Warum zitterte ich? Ein gefangenes Reh? Nein, ich war nie ein Reh.
Ich verließ die Wohnung, nachdem er gegangen war.
Ich spüre noch jetzt das Stocken meiner nassen Hände auf dem Holzlauf des schmiedeeisernen Treppengeländers.

Unsicher tastend ging ich hinaus in den Nachmittag, in das neue Leben; sah die Menschen beschäftigt und fremd und weinte.
Weinte keine Tränen des Glücks, weinte nicht vor Kummer: vielleicht weinte ich vor Erschöpfung, weil gleichzeitig Feuer und Sturm wie zur Probe in mich hineingefahren waren, um mich zu nehmen, mich zu streicheln und mir ein Haus zu bauen.
Worte, aber welche Erschütterung.

Ich hatte erst am Tag vorher erklärt, daß ich natürlich ledig bleiben und mich ganz dem Theaterspiel widmen würde. War ich vorher nichts und jetzt alles; oder vorher alles und jetzt nichts? Es schien mir alles zerstört, und der Aufbau war doch nur eine schmale Hoffnung. Ein Mann sollte das alles in sich schließen, was ich explodierend in mir gespürt hatte.

War ich denn wirklich nur nichts?
Ich ging doch, ich spürte die Straße.
Ich hatte ja gesagt!
Was hatte sich verändert? Was war anders als vorher?
Hatte ich doch alles noch, was ich vordem hatte.
Was war verloren?
Hätte ich nicht etwas gewinnen müssen? Einen Menschen und zukünftig eine zukünftige Aufgabe.
Ich hatte etwas dazugewonnen.
Warum war ich traurig?

Die Kinder auf der Straße, wenn sie spielten – spielten sie? – taten sie es nicht langsamer, mir zu Gefallen, leiser und behutsamer als sonst? Sie schrien nicht, waren halb erstickt in Trauer. Hatten sie nicht eine Schwester verloren?

Ich übertrieb, aber hatte er nicht auch übertrieben? War er nicht nur gekommen, um zu übertreiben?

Nein! Ich wußte es, er hatte es gesagt, er liebte mich.
Und ich konnte es wirklich spüren. Und doch weinte ich in den unendlichen Strom hinein.

Um es so zu sagen, mein Vater hatte die Hand auf meinen Kopf gelegt, aber er hatte nie verlangt, daß ich etwas Abnormes tun sollte. Er hatte mich bestärkt, in dem wie ich war, aber jetzt wurde etwas verlangt, etwas vollkommen Neues, was ich gar nicht sein konnte, weil ich es noch nie erlebt hatte, nicht einmal in Träumen.
Und ich hatte ja gesagt.
Ich hatte seine Liebe in jedem seiner Worte gespürt.
Warum war ich dann traurig?

Was war mir jetzt? Würde ich umfallen und ohnmächtig werden?
Die Kinder spielten so schrecklich langsam, als müßten sie von mir Abschied nehmen. Die Kinder bildeten einen Kreis, als wollten sie mich einladen, wollten mich in die Mitte nehmen, wollten mich schützen vor dem Mann, vor seiner dämonischen Macht; die Kinder wollten mich aus dem Sog herausziehen, in den ich geraten war. Der Sog eines dunklen Mannes mit ungeheurer Willenskraft und Phantasie, gegen den ich mich nicht wehren konnte.

Ich verließ die spielenden Kinder. Sie konnten mir nicht helfen; schluckte meine Tränen und ging durch ein fremdes München, ging durch ein helles Gleißen, so als sei Schnee gefallen auf die Häuser und Straßen, mitten im Juni. Es sah alles überhell und bleich aus.

Ein freundlicher, netter Kollege sprach mich an.
Seine Anwesenheit nahm allmählich die Überhelle von allem weg.
Ihm erzählte ich, daß ich mich soeben verlobt hätte und jetzt eigentlich etwas bestürzt sei, weil ich nicht wüßte, ob ich richtig gehandelt hätte.

Er war rührend verständnisvoll und blieb doch fast stumm neben mir.
Wir gingen diesen Nachmittag beinahe durch die ganze Stadt.

Als es anfing dunkel zu werden, verabschiedete ich mich von ihm. Zuletzt waren wir dreimal an dem Haus in der Rheinstraße vorbeigegangen, in dem ich wohnte.
Ich weiß heute nicht mehr, wer er war und ob ich ihn jemals wiedergesehen habe, aber ich habe ihm alles erzählt, alles, was ich wußte und was ich spürte. Er hat mir zugehört wie ein alter Freund, ein guter alter Freund, dem ich dafür nie gedankt habe.

Sollte er das jetzt lesen, sage ich ihm: Dankeschön! Du hast mir sehr geholfen.

Ich bin in meine Wohnung gekommen und wollte mich gleich ins Bett legen, aber plötzlich hatte ich Hunger und Durst. Es war nur noch ein Kanten Brot im Haus, schon recht trocken, den nahm ich und ein Glas Wasser. Ich trank das Wasser. Noch ein Glas. Das Brot, hart und sperrig, war bald verzehrt, aber meine Gedanken drehten sich noch immer. Würden sie sich weiter drehen bis in alle Ewigkeit?

Ich war jetzt die Frau von einem Mann. Noch nicht richtig, nicht leibhaftig; aber versprochen! Kein Mädchen mehr, sondern eine junge Frau. Ich würde zwei Jahre an den Kammerspielen bleiben und mich als Schauspielerin erproben. Und dann würden wir sehen.

Warum war er so anders als die anderen jungen Männer, mit denen ich ins Theater gegangen war in Wien?
Die anderen jungen Männer hatten eben den Bann nicht brechen wollen, der auf einem Mädchen lag.
Sie hatten sicher Vorstellungen gehabt wie ich auch, aber meine gingen in keine bestimmte Richtung.

Und keiner von denen hatte sich aufgerichtet und bestimmt: Du wirst meine Frau! Vielleicht hatten viele es gewünscht, wie ich auch vieles gewünscht hatte, ungefähr, in alle Richtungen gestreut. Aber niemand war mit Feuer und Sturm gekommen und hatte gesagt: Du wirst meine Frau!
Und dann der erste Kuß – mein Verlobungskuß.

Hermann Ferdinand kam am nächsten Tag und brachte mir eine Reproduktion der »Toteninsel« von Böcklin, sein Verlobungsgeschenk. Meine Bekannten lachten und meinten: die Insel der Seligen wär richtiger gewesen.
Aber ich verstand ihn. Es war die Schönheit und Feierlichkeit der Einsamkeit, die er meisterlich in dem Bild ausgedrückt fand. Er selber hat es in einem Gedicht so festgehalten:

Meine Sehnsucht

Einsam zu sein mit dir
In Forsten,
Wo in Wipfeln
Adler aus dem Gipfel
Sich stürzen Boten gleich
Aus Göttertälern!
Und im Waldsee
Die Flügelschläge lautlos schwingen
Spiegelrein. –
Und weite Stille aus den Bäumen lächelt
So tief, – vom Glück gefächelt. –
Einsgeworden Wir,
Einsam zu sein
Mit Dir
Weben mit dem Wald
Die Märchen
Wo Zweig zum Zweige

Liebkosend – wiegeneige –
Uns lehrte Liebe gleich
Zu lieben
Und wir schreiten
Ganz versponnen,
Wildversponnen.

Ein Mädchen

Heute sind die Mädchen jung und schnell. Wir waren damals jung und alt.
Im kaiserlichen Wien mußte ein junges Mädchen vieles lernen, was die Zeit aufhalten sollte. Aber die Zeit ließ sich nicht halten. Sie ging voran und sollte den Fortschritt bringen.
Sie hat uns viel gebracht, vor allem viele Maschinen, die unser Leben verändert haben.

Die Zeit damals, bevor der Kaiser stürzte, ist mir in strahlend weißes Licht getaucht. Festlich weiß, vielleicht ein bißchen rosa. Wir Kinder trugen weiße Kleider und rosa Schleifen.
Die früheste Erinnerung ist der Blumenkorso im Prater, und wie schön die Mama war, wie die flammend wehende Jungfrau aus einer Oper von Richard Wagner.

Einige Jahre später standen wir alle am Kohlmarkt. Ein kleiner Prinz in Weiß, es war der Thronfolger Otto, mit Blumen und einer großen schwarzen Schärpe, der hinter dem Sarg von Franz Joseph einherging. Alles drängte sich natürlich. Und wir folgten der Menge.

Meine Schwestern und ich erschraken, als wir die Schläge gegen die Kapuzinergruft hörten. Der Kaiser von Österreich und der König von Ungarn begehren Einlaß, hieß es. Schauerlich hohl klang eine Stimme aus der Gruft, der

Angekündigte sei nicht bekannt. Dann wurden sämtliche Titel des Kaisers aufgezählt, um Eindruck zu machen, aber auch damit ließ sich die Gruft nicht öffnen. Erst als der Kaiser als armer Pilger Einlaß begehrte, öffnete sich die Gruft und der Sarg verschwand.

Dieses Schauspiel machte einen großen Eindruck auf mich, wenn ich auch sicher nicht spüren konnte, was da alles zu Grabe getragen wurde.
Ich muß zugeben, daß auch später große feierliche Augenblicke eine starke Wirkung und eine schaudermachende Anziehung auf mich besaßen. Aber ich war kein Kind von Traurigkeit.

Und so ist eine ganz andere, viel kleinere Holzkiste mir in noch belebterer Erinnerung. Die kleine Kiste stand wie von Zauberhand dahergebracht in unserem Vorraum.
Ich muß damals drei Jahre alt gewesen sein.
Neugierig umdrängelten meine Schwester und ich die Kiste. Mutter nahm ein Werkzeug und brach das innerste Brett der Kiste auf, und plötzlich schaute ein kleiner Dakkelkopf heraus. Ein brauner Kurzhaarrüde, etwa zwei oder drei Monate alt, betrachtete neugierig die Welt. Dann sprang er heraus und machte auf den Perserteppich ein Lackerl, eine Pfütze, wie es hochdeutsch heißt.

Mutter war entsetzt; sie verstand gar nicht, daß der kleine Kerl so lange gewartet hatte, um sein Heim, die Kiste, nicht zu beschmutzen.
»Also der Hund muß weg«, sagte Mama, »und zwar sofort!« Sie schritt zum Telefon und ließ sich mit meinem Vater verbinden, der sich als Leiter des Sanatoriums Svetlin etwa zehn Minuten von uns entfernt aufhielt.
Ganz aufgeregt sagte Mama: »Der Hund muß weg, er hat hier Schmutz gemacht.«
Ich höre ihre Worte heute noch. Sie schnitten tief in unsere

Kinderseelen ein, denn der Hund war doch schon ein Teil von uns geworden. So rasch kann das gehen.
Mein Vater kam, lächelte und schaute sich den kleinen Kerl an, der sehr vergnügt und glücklich meinem Vater in der Hand lag und diese gerade ausfüllte.
»Ja«, sagte mein Vater, »wir geben ihn halt hinüber zum Gärtner.«
Unsere Herzen hüpften. Der Gärtner, das war nicht weit.

Der Gärtner hieß Bohac und betreute den Garten des Sanatoriums. Er liebte Tiere und hatte eine Kaninchenzucht.
Aber dann ein Schrecken gleich am zweiten Tag, ein Schrecken im ganzen Sanatorium; mein Vater mußte erfahren, zu seinem Entsetzen, daß der Dackel sieben junge Kaninchen abgewürgt hatte. Alle wußten, wie sehr der Gärtner an seinen Kaninchen hing.
Der aber kam strahlend mit dem Hund. »Herr Doktor, Herr Doktor, das ist ein Jagdhund, sage ich Ihnen. Alle sieben hat er abgewürgt. Keines übriggelassen.«
Mein Vater gab ihm eine Entschädigung für seinen Verlust, und er zog stolz mit dem Dackel ab.
Er liebte den Dackel genauso, wie wir ihn liebten.

In dem Garten, es waren zwei Vorgärten und ein großer Garten, durften wir Kinder um die Mittagszeit spielen, wenn die Patienten zur Ruhe gingen.
Da waren wir Herren über Zwerge und Eichhörnchen, über Wildpferde und Hasen, über Riesen und Feen.
Wir spielten mit großer Leidenschaft und Ausdauer, am liebsten Zirkus, wenn es Herbst war und das Laub sich prächtig zu einer Manege aufschütten ließ.
Wir waren Tiger und Elefanten, und spielten alles noch verrückter und abenteuerlicher, als wir es im Zirkus gesehen hatten. Und natürlich war Waldl, so hieß unser goldfarbiger Kurzhaardackel, immer dabei.

Ohne uns betrachtete Waldl den Garten als sein Revier. Er grub Löcher, wo es ihm paßte.
Mein Vater meinte: »Aber Bohac, du läßt ja den Hund überall Löcher graben, das darf er doch nicht.«
»Aber, Herr Doktor, nein«, sagt der darauf, »er grabt nur dort, wo ich's ihm erlaubt hab.«
Mein Vater darauf: »Das ist nicht wahr, ich hab ihn grad dort im frischen Tulpenbeet gesehen.«
»Jesses, Herr Doktor, da hab ich vergessen, es ihm zu sagen.«

Im Juni, als wir wie üblich nach Kärnten fuhren, nahmen wir ihn mit auf die Alm, in sein Reich. Er hat es nie mehr verlassen.

Wir hatten ungefähr vier Stunden Fußweg vor uns von der Bahnstation Twimberg bis hinauf zur Almhütte. Nach ungefähr einer Stunde war mein Vater wohl das Zerren und Vorauseilen des kräftigen kleinen Waldl leid und gab ihn frei; sollte er doch zeigen, was in ihm steckte.
Heftig bellte er, gerade so, als wollte er sich bedanken; dann hängte er seine Nase dicht an den Boden, ganz gewichtig und bedeutsam sah das aus, und dann war er verschwunden.

Unser Aufstieg ging weiter. Ich war zäh und hielt durch, aber meine Schwester mußte ein gut Stück getragen werden.
Später gab es einen Pferdewagen, vor allem für das Gepäck, das bei uns wie wohl bei allen Menschen stetig zunahm.

Wir waren an jenem Tag noch längst nicht oben, da beklagte mein Vater traurig sein leichtfertiges Handeln. Er bedauerte den kleinen Kerl, der jetzt sicher hilflos in den Wäldern ringsum verloren war, vielleicht sogar das Ziel von Raubvögeln sein könnte, wenn er denen bei der Jagd auf einer Wiese ins Gehege kam. Der Gute kannte sich doch wirklich nicht aus, ein Stadtkind noch. Der arme kleine Kerl.

Mein Vater war ja ein grundgütiger Mensch, ausgeglichen und beherzt, aber er konnte auch schalkhaft sein, mit einer theatralischen Neigung.
Während er noch jammerte und wir ihm immer mehr Glauben schenkten, näherten wir uns der Hütte.
Und wer saß frech, ganz stolz und selbstbewußt da und sah uns an? Waldl, wie selbstverständlich inmitten seiner neuen Heimat.

Er hat viele Jahre dort zugebracht. Im Winter beim Jäger, im Sommer bei uns. Wir Kinder waren mächtig stolz auf ihn. Alles, was er tat, war, als hätten wir es mitgetan. Er war ein Teil von uns. Wenn er schlau war, waren auch wir um seinen Anteil schlauer.
Bald schon hatte er kleine hilfreiche dramatische Steigerungen seines Könnens nicht mehr nötig.

Wenn es Juni war, wir also von Wien aus wieder auf die Hütte fuhren, war er, noch bevor wir jeweils ankamen, schon zwei- oder dreimal an der Bahnstation gewesen, um zu sehen, ob wir nicht ausstiegen.
Der Wirt in der Bahnstation pflegte dann zu seinen Gästen zu sagen: »Jetzt kommt der Herr Doktor bald, der Hund war schon zweimal da.«
Waldl hatte wohl seinen eigenen Sehnsuchtskalender.

Und wirklich, Waldl schaffte es fast immer, uns als erster zu begrüßen. Zuerst lief er auf den Vater los und bestürmte ihn mit seiner Freude, dann kam die Mutter dran und dann wir Kinder, der Reihe nach.
Wir Kinder waren natürlich eifersüchtig, weil er uns mit der Verzögerung begrüßte. Wir freuten uns zwar, aber

nach der Begrüßung sahen wir doch ein wenig absichtsvoll an ihm vorbei. Das dauerte nicht lange, denn nun war er ganz für uns da. Und es war unmöglich, diesem hochgereckten Hundekopf mit den leuchtenden Augen länger zu widerstehen.

Einmal kamen wir zum Abendessen nicht nach Haus. Waldl hatte seinen eigenen Tageslauf gehabt, und wir waren in die Beeren gegangen, in die Heidelbeeren.
Wir pflückten und pflückten, fanden immer größere und saftigere Beeren und vergaßen die Zeit.
Mein Vater erzählte später, wie er unruhig geworden war und wie der Hund das gemerkt hätte; er wäre nicht mehr von seiner Seite gewichen. Schließlich wandte sich mein Vater an den Hund und fragte: »Waldl, wo sind die Kinder?«
Waldl spitzte die Ohren, schaute ihn klug an, drehte sich um und verschwand.

Wir sahen ihn, als er auf uns zugerast kam. Er sprang erst auf mich, dann auf meine Schwestern, drehte sich und bellte streng. »Ich glaube, wir müssen nach Haus«, sagte ich, »der Waldl holt uns.«
So nahmen wir die große Kanne mit den Beeren und gingen dem Waldl nach.
Der sprang wie verrückt, als wir ihn verstanden hatten, auf uns zu und wieder weg, bis er ganz sicher war, daß wir ihm auch wirklich folgten.
Waldl wählte eine Abkürzung, und so mußten wir über einen Zaun klettern; wir konnten nicht so schnell laufen, wie Waldl uns vorauseilte, deshalb kam er immer wieder zurückgerannt, um uns zur Eile anzutreiben. Schließlich gelangte er stolz mit uns zu Hause an.

Mein Vater war ganz gerührt. Er umarmte uns, als wären wir verloren gewesen, dann schimpfte er natürlich, weil

wir so lange ausgeblieben waren. Aber da wir soviel Beeren hatten, fand er unseren Fleiß doch wieder ganz lieb.
Wir bekamen einen Teil der Beeren mit Milch, und Waldl bekam eine Wurst als Belohnung.
Und wie stolz der Waldl war. Er legte sich auf seinen Platz und streckte sich und nahm alle Lobsprüche der Familie gnädig und Zärtlichkeiten heischend entgegen. Ja, er war ein guter Hund.

Und er war ein leidenschaftlicher Eierliebhaber. Wenn er ein Ei gefunden hatte, schlug er es mit den Zähnen auf und trank es aus. Er nahm aber nie von uns ein Ei oder von unserer Bäuerin. Er stahl es bei der Nachbarin.
Zunächst fanden unser Jäger und sein Bruder, der den Bauernhof gepachtet hatte, in dessen Nähe unsere Hütte lag, immer wieder ausgesogene Eier und zerbrachen sich den Kopf, welches Tier denn so ein Eierschlecker sein könnte. Bis sie eines Tages den Dackel auf frischer Tat ertappten.

Mein Vater rief Waldl zu sich und machte ihm sehr ernst Vorwürfe. Als Vater dann am Abend in die Hütte kam, fand er hinter der Tür etwa sieben Eier, die der Hund sorgsam in seiner Schnauze von der Nachbarin zu uns getragen hatte, um meinen Vater zu versöhnen. Und wie gerührt mein Vater war!
Er konnte nicht anders, als dem Dieb vergeben.
Wo er aber die Eier herhatte, wußten wir damals noch nicht.

Obwohl wir Kinder eher klassische Geschichten und Gedichte lasen und keinerlei Kriminalgeschichten, machten wir uns daran, den Waldl kriminalistisch auszuforschen.
Lange legten wir uns vergeblich auf die Lauer; aber einmal benahm er sich so auffällig, daß wir aufmerken mußten.

Er spazierte vor der Hütte hin und her. Mit einem Gesicht ganz voller Unschuld ging er bis zu der Stelle, wo der Weg ins Tal abbog. Dann schaute er sich rechts und links um; merkte er, daß er beobachtet wurde, sah er gelangweilt in den Himmel und schien auch noch die Baumspitzen prüfen zu wollen oder er kratzte sich ausgiebig. Alles, um uns abzulenken.

Aber wir kannten ihn nur zu genau. Und wenn er sich wieder zur Hütte hin trollte, um uns in Sicherheit zu wiegen, fielen wir doch nicht auf ihn herein.
Jetzt hatten wir ihn. Er hatte etwas vor. Wir lenkten nun ihn ab und versteckten uns hinter Bäumen. Für Waldl schien die Luft rein. Doch zunächst das gleiche Spiel wie vorher; ein perfekter Schauspieler!
Waldl ging wieder bis zur Wegbiegung, drehte sich rechts um, sah niemand, drehte sich links um, sah niemand und sauste dann den Weg hinunter zum Nachbarn. Ahnungsvoll schrie ich ihm nach: »Waldl, Waldl . . .!«, aber ich sah nur noch die Ohren, die herauf und herunter flogen, bis er im Nachbarhof verschwunden war.

Wir haben mit ihm geschimpft, haben ihn gewarnt, haben auch gedroht, aber er hat seine Diebereien nie ganz aufgegeben.
Leider mußte er das einmal sehr büßen.
Als er schon alt war, hat ihn die Nachbarin arg verprügelt, so daß er nach ein paar Tagen starb.

Ich hatte als Kind immer streng darüber nachgedacht, wie alt ich wohl sein würde, wenn der Waldl stirbt. Wenn er vierzehn Jahre alt würde, dann wäre ich siebzehn, und sein Tod würde mich nicht mehr so schrecklich kränken.

Aber es kam anders. Als die Nachbarin ihn verprügelte, war ich noch in der Schule. Ich reiste meinen Eltern nach auf die Hütte. Mein Vater war am Bahnhof, aber Waldl nicht.

Etwas zerknirscht gab ich zu verstehen, daß ich mich trotzdem auf den Waldl freuen würde.
Da drehte mein Vater mir sein Gesicht zu.
Erschrocken stammelte ich: »Ist ... ist er tot?«
Und mein Vater nickte.
Er nahm mich in die Arme und ich konnte gar nicht mehr aufhören mit Weinen. War er nicht ein Teil von uns gewesen? War nicht jetzt ein Teil von mir auch gestorben?

Ich glaube, wenn Tiere sterben, überlassen wir uns viel hemmungsloser dem Schmerz, der uns befreit.
Er war ein Teil unserer Kindheit. Bei allem, was wichtig war, war er dabei.

Ich erinnere mich an einen wunderbaren Augusttag. Wir saßen an einem Tisch im Freien und tranken Kaffee. Da kam ein dicklicher älterer Herr den Berg heraufgekeucht, direkt über die Wiesen, als habe er es besonders eilig.
»Ja, wer kommt denn da?« fragte mein Vater gutgelaunt.
Es war der Schullehrer Tusch, den ich nur flüchtig kannte, weil ich ja nicht bei ihm, sondern in Wien zur Schule ging.

»Herr Doktor, Herr Doktor!« schrie er schon weitem, »denken Sie, der Thronfolger ist ermordet worden.«
Mein Vater sprang auf: »Um Gottes willen, das gibt Krieg.«
Die Erwachsenen waren in hellster Aufregung, und wir Kinder saßen geduckt da. Wir lauschten den abenteuerlichsten Berichten aus einer fremden Welt; weit weg war alles.
Würde es nahekommen und uns erreichen?

Krieg stand in den Geschichtsbüchern, aber wie sollte der in unser stilles, friedliches Tal kommen, die Alm gar mit Kanonendonner vernichten?
Wir hingen zwischen Furcht und Hoffnung.
Ich hielt mich mit meinem Blick an der Tür unserer Hütte fest, als brauchte ich sie nur zuzumachen, um den Krieg nicht hören zu müssen.

◁◁ 1 Vorhergehende Seite: Rezitationsabend mit Gedichten, Balladen und Jesuslegenden (Texten von Paul Claudel und meinem Mann Hermann Ferdinand Schell) in Berlin

2 Mein Vater auf der Alm

3/4 Unten: Siebenjährig mit meiner Schwester Elisabeth, genannt Muckerl (links). Sie starb kurz nach diesem Foto (rechts) mit 15 Jahren

5–7 Gegenüberliegende Seite oben: Mit meiner Mutter. Unten: Als junges Mädchen (links); mein Dichter (rechts) ▷

8 Übernächste Seite: Hochzeit mit Hermann Ferdinand Schell, Wien 1925 ▷▷

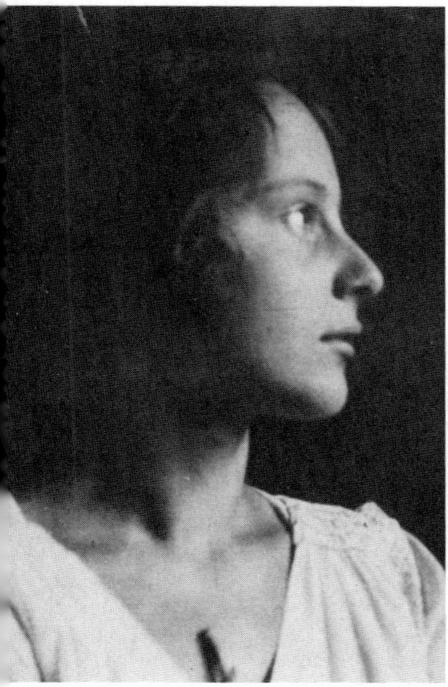

Aber die Aufregung ging weiter. Das Zittern in der Stimme meines Vaters bei manchen Punkten, die es in der Welt gab, erschreckte mich.
Es gab Punkte und Situationen, und eine Lage gab es, die war ernst. Der Frieden unseres Tales, in das wir blickten, schien sich aufgeladen zu haben mit Spannung: Punkten, Situationen und Lagen.

Der Schullehrer Tusch schnaufte immer noch. Und sein Schnaufen dröhnte.
Die Nachbarin, entweder vom Schnaufen des Schullehrers oder von seiner Hast über die Wiese elektrisiert, kam angerannt.
Meine Mutter rief ihr schon von weitem entgegen: »Albrechtin, Albrechtin, denken Sie nur, der Thronfolger ist ermordet worden.«

Die Nachbarin, dieselbe, bei der Waldl Eier stahl, kam an. Sie betrachtete die Männer, wobei eine Stille eintrat.
Dann sie, gemütlich, ernst und listig: »I han ihn ja net kennt.« Wobei sie mit den Schultern zuckte, die Männer weiter ansah und um Verständnis bat.
Es dauerte eine Weile, nichts geschah. Dann prustete der Lehrer Tusch los, lachte und kollerte, alles bebte, so lachte er. Mein Vater lachte auch, meine Mutter ein wenig.

Wir sahen die Nachbarin an. Uns war sie unheimlich, weil es Gerüchte gab. Und daß es jetzt Gelächter gab in der ernsten Angelegenheit, nachdem sie aufgetaucht war, paßte dazu.
Sie sollte hexen können.
Sie hatte eine einzige Kuh, und mit der einzigen Kuh machte sie mehr Milch und Butter als die Nachbarn mit ihren vier oder fünf Kühen. Sie konnte den anderen Kühen die Kraft heraushexen und sie ihrer Kuh übertragen.
Dabei sah sie nicht besonders wie eine Hexe aus.

Wir Kinder hatten eine sehr genaue Vorstellung von Hexen und Angstgespenstern unserer Kindheit. Besonders in Wien lauerten sie in den dunklen Ecken.
Und in Wien würde es am ersten krachen, das stand fest.

Die Männer wußten es genau.
Es waren mehr geworden: der alte Stindl mit seiner Pfeife, die er von einem Mundwinkel in den anderen schob, als hätte er eine besondere Zunge dafür, eine, die saugen konnte; dann sprach auch der alte Klement, der mit seiner Frau gekommen war, sehr gewichtig, daß Wien vielleicht versinken würde.
Für ihn hatte die Hexerei schon lange vorher begonnen, mit dem Adel und seinen Privilegien. »Das gehört alles weg«, sagte er.

Darüber wurde ich sehr wütend. Ich kannte viele, die adlig waren, weil sie mit mir die Klosterschule Sacrecœur besuchten, und die Erzherzogin Assunta Salvator, die mit meiner Schwester sehr befreundet war, die war erst recht keine Hexe.
Die Erzherzogin war ein scheuer, vornehmer Mensch.
Mir war eines Tages etwas zu Ohren gekommen, ich war in die Schule gestürmt und hatte gesagt: »Erzherzogin, ich weiß etwas!«
Sie zog mich in eine Ecke und fragte furchtsam: »Ja, was weißt du denn?«
Ich sagte: »Sie sind eine Prinzessin!«
Da wurde sie über und über rot und sagte: »Gell, das sagst du niemand.«
Ich mußte es schwören.
Und das tat ich auch.

Wie konnte der alte Klement nur so reden? Er kennt eben diese Leute nicht, beschied ich abschließend, immer noch wütend, aber es war uns Kindern nicht erlaubt, in ernste

Gespräche der Erwachsenen hineinzuplatzen. Auch dann nicht, wenn es Krieg geben würde.

Der Konradbauer kam als letzter.
Vor ihm war ein junger Bauer in den Kriegsrat geplatzt. Auch er brachte Nachrichten mit.
»Ein Krieg heutzutage«, sagte er, »kann nicht lange dauern. Die Maschinengewehre, die großen Geschosse reichen ja kilometerweit. Wenn es Krieg gibt, ist der in ein paar Monaten zu Ende; weil, wohin sollen die denn schießen, wenn es kein Land mehr gibt?«
Man einigte sich schließlich, daß der Krieg, falls es ihn geben würde, noch vor dem Winter wieder vorbei wäre.
Es war Nacht geworden.
Mein Vater spendete allen noch einen letzten Wein, und jeder ging friedlich nach Haus. Auch ich verzieh dem Klement in die friedliche Nacht seine bösen Ausfälle, die er nur getan hatte, weil er niemand kannte, der adlig war.

Am nächsten Morgen wagte ich kaum die Augen aufzumachen. War schon Krieg? Konnte man ihn hören? Nichts.
Ein Käfer flog gegen die Scheibe. Ich stand auf, öffnete das Fenster und befreite ihn.
Ob der liebe Gott das im Krieg auch so mit uns machen würde? Daß er uns ausließ?

Obwohl das Leben auf der Alm mir zeitlebens meine eigentliche Heimat zu sein schien, dachte ich doch jetzt an die Sachen in Wien, meine Schätze.
Das Schaukelpferd fiel mir ein.
Ich hatte es schon so lange. Jedes Jahr hatte es von mir eine neue Pferdefarbe bekommen, mal war es ein weißes, dann ein schwarzes oder braunes Zirkuspferd gewesen, dem ich als Zirkusreiterin schöne Stunden und viel Applaus im großen Zirkuszelt meiner Phantasie beschert hatte.

Ich schämte mich ein wenig, daß ich an dem alten, x-mal

von mir übermalten Pferd hing wie andere Mädchen vielleicht an ihren Puppen oder kleinen Bären. Die Welt sollte vielleicht untergehen, da durfte ich mein Pferd nicht behalten. Ich sah es ein. Ich wollte es zum Opfer bringen. Damit die Welt nicht untergeht, nimm mein liebes gutes altes Pferd, lieber Gott, betete ich.

Als es dann den ganzen Tag über friedlich blieb und die Erwachsenen sogar Scherze machten, vergaßen wir Kinder auch den Krieg.
Er war noch gar nicht da.
Er würde kommen.
Den ganzen Schrecken habe ich nie erfahren. Wir hatten die Alm, unsere Zuflucht. Auch der Hunger ist auf dem Land leichter zu stillen. Im Garten wächst Gemüse. Und wenn man geschickt aussät, hat man es über lange Zeit.
Milch, Butter und Eier gibt es.
Und die Jagd, die mein Vater gepachtet hatte, brachte uns Fleisch.
Aber noch war es nicht soweit.

Wir breiteten an diesem wie an vielen anderen Tagen auch noch eine Decke aus im Gras, einen kleinen Teppich für die Träume, eine Insel im Meer des Friedens.
Die Gräser geben einen beruhigenden Duft. Die Bäume stehen still. Und auch der Himmel scheint ein bißchen blauer als anderswo.

Wer die Alm einmal kennengelernt hat, für den ist die Welt nicht mehr Austragungsort für Neid und Mißgunst, nicht mehr Hetzen nach schnöder Anerkennung. Hier oben auf der Alm weiß man tiefer um die Dinge, spürt man sich eingebettet und aufgehoben, dem Schöpfergott um einen prächtig erhabenen gestreckten Hügel näher.
Wie es der Tante erging, die, sehbehindert, noch nie die Sterne am Nachthimmel gesehen hatte. Bei einem Besuch

auf der Alm sah sie sie zum ersten Mal, staunte und freute sich.

Das ist es, was die Alm in mein Leben eingegraben hat, daß ich mich tief im Herzen immer freuen kann, daß ich das Staunen nie verloren habe und der Schönheit in der Welt den Frieden abgewann.

Aber etwas muß ich sagen, was furchtbar war für mich als Mädchen, so daß ich diesen Kummer bis ins hohe Alter hinein still begraben in mir getragen habe. Ich will ihn auch jetzt nicht ausbreiten. Zu tief und verkrustet liegt dieses Leid meiner Kindheit in mir, tränenlos erstarrt.
Alles sträubt sich in mir, als müßte ich nachträglich noch einmal und immer wieder in ein riesiges, verschlingendes Loch starren: Wenn man abstürzt, ist man verloren. Nur ja den Halt nicht verlieren! Sich den Rücken stärken und nicht weich werden!

Schlimmer als der Krieg, der zu toben begann, war mir die Krankheit meiner Mutter.
Sie konnte so lieb und gut und zärtlich sein, so weich und sanft, und bei allem immer wieder so verführerisch schön. Angelockt und bereit wollte ich mich dem Werben überlassen, tat es, und wurde am selben Tag noch oder an einem anderen, manchmal sogar in der nächsten Sekunde grausam zurückgestoßen. Tat es immer weniger, bildete eine Kruste gegen alles, was von ihr kam, und litt doch unter dem Schutzabstand.

Sich schützen gegen einen Menschen, den man lieben will, ist schrecklich; unter sehr viel Leid ging sie mir verloren, lange bevor sie für Jahre in eine Nervenheilanstalt kam.

Der Krieg verschlang die alte Ordnung, was mich mit großer Trauer erfüllte, weil mir die alten Werte menschlicher erschienen als die heraufziehenden neuen.

Mein Vater wurde nicht eingezogen, weil er ein verkürztes Bein hatte; und wir alle lernten den Wert des Brotes schätzen.

Auf Lebensmittelkarten gab es ein elendes, zerbröckelndes Maisbrot, das bitter schmeckte und teilweise ungenießbar war, so daß wir es auf der Alm einweichten zu einem Brei, den wir dann mit dunklem Mehl versetzten und es neu buken.

Unserer Mutter ging es immer schlechter, als fräße der Krieg innen an ihr und höhle sie aus, so daß sie oft in tagelange Schwermut versank.
Als mein Vater sie in den Einspänner setzte, um sie zur Bahnstation zu fahren und von da aus in ein Sanatorium, winkte sie schwach und traurig.
Sie war so schön wie ein Marmorbild und eine so begabte Frau.

Wie die meisten Künstler hatte sie auch eine Aufforderung bekommen, zugunsten des Roten Kreuzes Konzerte zu geben. Das hat sie in Wien oft getan.
Ich erinnere mich noch an ein Konzert, bei dem ich in der ersten Reihe sitzen durfte.
Sie trug ein wunderschönes hellblaues Seidenkleid, die Harfe schien aus ihrem Arm heraus sich in überirdische Töne aufzulösen. Die Leuten wurden erfaßt von einem magischen Zauber. Jubel brach los, als sie geendet hatte, Jubel, der nicht aufhören konnte, Schreie fast vor Begeisterung.
Man feierte sie, umstürmte sie, wollte sie berühren, ein Lächeln von ihr oder wenigstens ein Autogramm.

Die Pflichten daheim wollte sie gewissenhaft erfüllen – Arbeit für die Kunst, die sie empfindsam machte bis zur Selbstaufgabe, und dann das tägliche Einerlei, die Not durch den Krieg – so zerrieb sie sich, verlor sich selbst in einem wahnsinnig hohen Anspruch.

Da verschwand sie nun im Einspänner ins Tal. Und wir sahen sie lange nicht.
Als sie dann nach vielen Jahren wieder erschien, auf der Alm mit uns lebte, schien sie geheilt, heiter und gütig, in großer Liebe meinem Vater zugetan.
Ein Brüderchen kam zur Welt, bei dem ich zusammen mit dem Kindermädchen mich ins Fach der Mutter einzuüben begann, ein Rollenfach, das dann ja später sozusagen fast mein wichtigstes Fach wurde.

Was fehlende Mütterlichkeit für ein Kind bedeutet, schildert ein Märchen, von dem ich nicht mehr weiß, wann ich es gelesen und wieviel ich selber hinzugedichtet habe.

Es war einmal ein Mädchen, das so gräßlich allein war auf der Welt, daß der liebe Gott eines Tages Erbarmen zeigte und die Mutter aus dem Schattenreich hervortreten lassen wollte.
Der Herr der Finsternis aber bestand auf seinem Recht. Die Mutter ward der Welt zurückgegeben, aber nur als Spiegelbild. Und in wenigen unvorhersehbaren Stunden, die der Schattenlenker bestimmte, war sie wirklich aus Fleisch und Blut.
Das Mädchen aber war so dankbar, die Mutter wenigstens sehen zu können, daß es Blumen pflückte, wo es ging und stand, um das schöne Bild noch mehr zu schmücken, worin es in tagelanger Andacht versank.
Und als die Mutter für eine Stunde wirklich lebendig wurde, war die Seligkeit groß. Das Glück schien grenzenlos. Sie spielten wie die Engel im Himmel.
»Oh, Mama, gehst du auch niemals mehr weg?«
»Nein, mein Kind«, sagte die Mutter.
Aber dann war wieder nur der Spiegel da, den das Kind in hemmungslosem wehen Schmerz umarmte, um ihn zu erweichen.
Vom Spiegel brachen Splitter ab. Das Kind verletzte sich.

Es merkte es nicht. Auch nicht, als eines Tages ein großer Splitter abbrach und in das Herz des Kindes traf, so daß es starb.

So oder so ähnlich war das Märchen.
Aber ich war ja nicht allein. Ich war ja nicht allein auf der Welt. Ich hatte meinen Vater.

Vom Knaben

Das wird ein sehr schwieriges, wenn nicht sogar verworrenes Kapitel. Das spüre ich schon. Ich habe in den Büchern meines Mannes geschmökert. Und ich habe einiges herausgeschrieben. Ich werde es unkommentiert lassen. Aber vorher möchte ich noch etwas sagen.
Wenn Kinder, und da besonders die Mädchen, allzu behütet aufwachsen, bildet sich in ihnen eine Scheu aus. Im späteren Leben operieren sie eher aus dem Zurückziehen heraus. Und wenn ihnen dann niemand folgt, bleiben sie verzagt. Und versagt auch ihre Wirkung der Hilflosigkeit, dann gehen sie leicht unter, verlieren ihr Leben, weil ihnen das Vordrängen fehlt, das Sichbehaupten.

Die fehlende Tatkraft, die Schwäche in der Lebensmeisterung habe ich bei vielen Mädchen meines Jahrgangs in Erinnerung. Sie haben ein Leben lang darauf gewartet, daß etwas für sie geschah, was sie sich wünschten. Man hatte ihnen geradezu verboten, darauf zu sinnen, etwas Eigenes zu finden, was ihnen helfen könnte. Sie waren in der Erwartung erzogen worden. Alles bereiteten sie vor, sie verloren sich in der Vorbereitung.

Ich habe meine Kinder früh in die Selbständigkeit, in die Verantwortung für ihr eigenes Tun entlassen. Den Standpunkt der nicht überversorgenden Mutter verdanke ich Maria, unserer Erstgeborenen.
Wenn man so jung ist, wie ich damals war, was bringt man

nicht alles zustande an rasender Übertreibung der Mütterlichkeit.

Doch das Kind Maria, es lächelte und entzog sich. Es pochte schon mit kleinen Fäusten auf Selbständigkeit.
Carl war ebenso. Aber am Anfang stiller, so daß ich es bei ihm nicht gemerkt hätte. Und auch Maximilian hatte, noch einmal gesteigert, den Zauber der eigenständigen Unbeschwertheit.
Immy, unsere letzte Tochter, pochte dann bereits auf den eigenen Sinn. Sie pochte wirklich und wahrhaftig. Aber vielleicht habe ich da einiges versäumt. Sie wurde in eine schwierige Zeit hineingeboren. Es ging damals um unser aller Überleben in der Schweiz, die ja noch nicht unsere Heimat war.

Als junge Mutter begreift man etwas mühsam den eigenen Willen des Kindes. Dann sieht man ihn wachsen und staunt.
Im Wachsenlassenkönnen begreift man sich selber soviel, man sieht sich noch einmal groß werden in dem Kind; bei jedem der vier war das so.

Meine Schulfreundinnen, die nach mir Kinder bekamen, lernten aus der Erziehung ihrer Söhne wenig. Sie versuchten sie zu wappnen und zur Härte zu erziehen; aber sie selber billigten sich die Tatkraft, die sie wünschten, nicht zu. Und den Mädchen verboten sie weiter alles Ungestüm.
Was ich heute bei jungen Frauen sehe, bei meinen Enkelinnen, zeigt mir, daß eine Entwicklung, sogar eine Veränderung möglich ist. Und das ist doch sehr hoffnungsvoll, finde ich.

Aber ich weiß auch, daß das Verhältnis von Männlich und Weiblich sehr empfindlich ist. Was man dem einen nimmt, wird dem anderen nicht selbstverständlich zugeschlagen. Und Kämpfe darum können oft zu Rückschritten in eigenen Fortschritten führen.

Vom Manne wird gesagt, daß er rationaler, daß sein Handeln mehr vom Verstande bestimmt sei. Ich habe viele Männer kennengelernt, für die das eine schreckliche Forderung war. Für einen Mann, meinen einzigen wirklichen Mann, Hermann Ferdinand, was trifft für ihn zu? Ich kannte ihn näher als alle, und doch habe ich eine stille, unerfüllte Sehnsucht in ihm erst spät begriffen.
Für ihn trifft aber etwas zu, was ich auch von mir sagen kann und was Goethe in einem anderen Zusammenhang, aber deshalb nicht weniger wahr, seinen Faust sagen läßt: »Es wohnen, ach, zwei Seelen mir in meiner Brust!«
Könnte denn das Weib, wie Hermann Ferdinand immer gesagt hat, vom Manne so viel wissen, wenn nicht in ihm etwas vom Manne wär und umgekehrt?

Einem Freund, dem ich, begierig auf sein Urteil, die ersten Kapitel, die ich geschrieben hatte, zu lesen gab, sagte: »Das bist du doch nicht. So bist du nie gewesen. So kannst du nicht einmal im Traum gewesen sein. Dieses verspielte, sehnsüchtige Kind.«

Ich war erstaunt. Meine Kindheit schien mir weder besonders sehnsüchtig noch verspielt. Oder doch? Hatte ich von »verspielt« nur behalten, daß man es nicht sein darf? War jetzt die Wahrheit herausgekommen?

Es kam noch weit schärfer. Er ruckte etwas ungehalten in seinem Stuhl, schielte mich beinahe an, als traue er sich nicht, es mir zu sagen. Und dann brach es aus ihm heraus. Er vermißte meinen Lebensmut, meine Stärke. Nie hätte ich so verzagt sein können wie beschrieben. Er empfand das zitternd vor sich hinschreitende Wesen – das sagte er wörtlich – als nicht identisch mit mir, nicht stimmend. Er sagte, das könne ich nicht gewesen sein.

Ich hatte jetzt zu entscheiden: Ist das, was man schreibt, doch immer nur ein Augenblick? Oder ist in dem etwas, was man noch nie so genau gewußt hat?
Er vermißte in mir die starke Frau, die sich zum Überblickhaben und -behalten gebildet hatte. Er vermißte etwas, was er kannte. Aber was kannte er, und was war ich wirklich?
Ich wußte, daß ich nicht gelogen hatte.

Er war doch ein guter Freund gewesen über all die Jahre.
Mir kamen keine Zweifel an dieser Freundschaft.
Aber zum ersten Mal dachte ich, ob nicht einem Mann etwas fehlt, wenn er als Geistlicher, dem Zölibat verpflichtet, die tägliche Auseinandersetzung nicht haben kann. Ich meine das Alltägliche des Zusammenseins, nicht die Sexualität.
Das andere Geschlecht ist ja nicht nur das andere.

Ich habe es gleich zu Anfang gesagt, es wird ein schwieriges Kapitel. Jetzt merke ich, daß es vielleicht darauf hinauslaufen sollte, daß ich zumindest verstanden haben könnte, was ein Knabe ist.
Aber ich wollte es nicht sagen, wie ich es verstanden hatte. Es sollte gewissermaßen der Knabe selber zu Wort kommen.

Ich hatte ein Mädchen beschrieben, so gut ich es konnte. Und jetzt sollte ein Knabe sich beschreiben; aber es gab nichts anderes als das gesammelte Material aus dem veröffentlichen Werk meines Mannes.
Schrecklich, ich hatte mir zuviel vorgenommen. Ich konnte doch nicht einen Teil seines Lebens aus seinem Werk herausschälen und es auflisten.
Oder war ich so wenig ein typisches Mädchen gewesen wie er ein typischer Knabe? Oder sind schriftliche Äußerungen nur die bedingte Wahrheit?

Zunächst einmal verteidigte ich vor meinem Freund, was ich geschrieben hatte. Ich sagte ihm, es sei meine Absicht gewesen, nie zu heiraten, alles der Kunst zu widmen, was ich dann als eitel und hilflos erkannt hätte.
Und wenn ein anderer Mann gekommen wäre, hätte ich niemals ja gesagt. Hermann Ferdinand hatte den Sturm auf sich genommen, um mich von der Stelle zu bewegen.
Ich sah den Freund an, aber er verstand mich nicht.

»Warum haben Sie sich so schwach geschildert?« fragte er.
Ich darauf: »Ich habe mich nicht schwach geschildert.«
Wir konnten uns nicht einigen. Und ich weiß es auch jetzt noch nicht.
Immer sich finden und gewonnen haben und gut dastehen?
Das Verfugen der Verschiedenheit, die so seltsame Einheiten schafft!
Ich wußte gleich, es würde ein schwieriges Kapitel werden.

Mir kommen die weichen Töne, die ich im Werk meines Mannes gefunden habe, seltsam vertraut und auch fremd vor. Ist es wirklich weich? Ist es nicht nur fragend? Sehnsüchtig anklagend? Ich habe versprochen, keinen Kommentar zu liefern. Ich will mich daran halten:

Aus »Suworows letzte Liebe«

S. hatte vor den Frauen eher Angst, da er Einmischung und Beherrschung ... befürchtete. Er litt zudem unter der Hemmung, nicht zu gefallen. S. wehrte sich gegen das zarte Geschlecht, um seine Kraft für klare Entscheidungen zu sparen, die ihm seine einzige Geliebte, die Unsterblichkeit des Ruhms, bringen sollte.

Diese Liebe war Flucht in die Nähe eines reinen Menschen ... Dorthin, zum Kern, zum Unsichtbaren der Schöpfung zog es ihn ...

Ein Mädchen, das die Liebe auffaßte als ein einmalig großes Opfer, das sie dem nur schenkte, den sie ihrer Liebe für würdig hielt.
... Er mußte ihrem Wesen entsprechen, ihren Träumen, die sie sich von einem Mann gemacht hatte.
Alles schien flüssig zu werden, zu schwimmen und weich zu werden. Zu tauen, sich aufzutauen in etwas Unendliches, dem man nichts anhaben konnte, wo so ein machtvoller Widerstand wuchs, dem keine Gewalt der Erde entgegenwuchten konnte.

Der General wußte, daß der wehe Verzicht erst die Wurzel und der Gipfel der Liebe ist und daß der Mensch stärker ist als das Verhängnis, wenn er es duldet.

Aus »Einer vom Tschalun«

Aus der Unsicherheit des Lebens wird der Glaube geboren, ja man könnte auch sagen, der Tod ist die Wurzel des Glaubens und der Verheißung.

Aus »Domenica und die Brüder vom Septimer«

So zog D. sich still in sich selbst zurück. Dem Menschen bleibt in seinem Nichtvermögen kaum etwas anderes übrig ... Denn das ist und bleibt der Trost und die Hoffnung aller Armen, daß der innere Reichtum im Jenseits zum Leuchten käme ...

Da wußte D., daß die Wahrheit eine unerbittliche Frau ist, die rücksichtslos Gefolgschaft verlangt und keine überspielenden Halbheiten duldet, ... die bis auf den Grund der Seele greift.

Aus »Der Knabenspiegel«

Die Arbeit ist immer die gleiche. Man will es besser machen und verstrickt sich tiefer.

Bist du nicht ich? Suche ich nicht täglich den entsetzlichen Ketten zu entrinnen? Und muß wieder zurück ins Gefängnis ... du warst ein Irrender, kein Böser ... solche Menschen müssen zu zahlenden Opfern werden.

Ich saß unter einem der zwei alten Nußbäume, groß, wie sie Kinder nur im Riesenland denken.
... Blätter, herb, braun, saftig und duftend, wie nur das Blatt eines Nußbaums duften kann ...
Wie viele Menschen mochten hier gesessen haben, Kinder mit ihren ersten Fragen um Sein und Nichtsein beschäftigt, Mütter, die keine vernünftige Antwort wußten, Väter, mit ihren Plänen ...

Grausam waren wir ... Es war unsere Gewohnheit, Nielen zu rauchen. Gute trockene Staudenzweige, welche sich in Fülle am Bachrand des Uetenbaches fanden ...
Das Rauchen war uns von der Schule aus verboten. Das Verbot entstand nicht ohne Grund. Die Nielen waren ein Gewächs, das angezündet und genossen, fast jeden Teilnehmer bleich machte ...
Nicht so Rudolf. Er war es, der uns eines Tages aufstöberte. Wir luden ihn ein, mitzuhalten. Er heuchelte, er habe keine Zeit und müsse nach Hause. Es fiel uns auf, daß er die Lippen zusammenkniff ...
Es dauerte nicht lange, und einer nach dem anderen wurde daheim oder in der Schule gefragt, ob er geraucht habe ...

Unser Idyll war verraten, und der Verräter konnte nur Rudolf sein …
Albert war der uralte Häuptling. Wir waren nur alt. Er begann die feierliche Sitzung, stellte fest, daß kein anderer als Rudolf mitgeteilt haben könne, wo wir an bestimmten Nachmittagen zu finden seien, und welchem Laster wir uns ergäben, und schlug vor, die Stäbe über dem Verurteilten zu brechen, falls er gestehe.
Jeder nahm ein Stück Holz, zerbrach es und warf es überzeugt und stolz auf einen Haufen.
»Was soll seine Strafe sein? Ich bitte um Vorschläge!«
Alois erhob die Hand.
»Ich bin dafür, daß wir ihn skalpieren!«
»Was haben die hohen Häuptlinge dafür oder dagegen zu sagen?«
Anton: »Das finde ich zu scharf. Vor allem wäre das nur eine symbolische Handlung. Denn wir können ihm nicht die Haut vom Kopf ziehen.«
Fridolin meldete sich: »Ich bin für eine gute Tracht Prügel und damit basta.«
Raoul: »Diese Strafe ist nichts Außergewöhnliches an sich. Die kriegen wir in der Schule auch.«
Felix kam an die Reihe: »Ich weiß eine Strafe, die jeden trifft. Wir schneiden ihn …
Anton wiegte den Kopf und meinte: »Diese Strafe ist nicht übel. Wir könnten sie aber mit einer anderen kombinieren.«
»Nun, das wird uns auch nicht viel helfen. Wer den Verrat in sich trägt, der wird auch immer wieder verraten« …
Albert … der Uralte … mischte sich ein: »Wir müssen ihn fangen. Wir laden ihn harmlos und freundlich ein … Was dann weiter geschieht, möchte ich heute noch nicht sagen.«
… Wir hörten, daß Rudolf die Lockung nur ungern annahm. Doch er vertraute und kam …

Er wurde möglichst fest umschnürt und begann zu jammern, daß man ihm in die Gelenke schneide, so könne er das nicht aushalten.
Sein Kummer war umsonst. Es half ihm nichts, wenn er sich wehrte, er konnte sich nicht befreien. Er tat mir leid. Wieder sah ich mich in der Lage des einzelnen, der, um dem gleichen Schicksal zu entrinnen, zuschaute ... Es hat eine tiefe Weisheit, wenn jeder Mensch das gleiche Schicksal erleiden muß, das er dem anderen bereitet hat ...

»Hast du uns wegen des Nielenrauchens verraten? Lüg nicht, wir wissen es!« ...
Wir umtanzten mit wildem Gejohle und rhythmischen Sprüngen, die Holzspeere schwingend in der Luft, die Schilde am linken Arm, den Federschmuck auf den Häuptern, den armen Delinquenten, immer im Kreis ... Ein kleiner, kräftiger, mohnroter Blutstropfen ... suchte erlösend und erwärmend und sicherlich mit feinem Schmerz, seinen Weg ... Zugleich kamen ... zwei Tränen ...
Da wurde in der Mehrheit von uns ein mitleidiger Zug wach, welcher der Antike fremd gewesen wär ...

Ich entstammte einer einfachen Schicht und konnte daher weniger an den Streifzügen und Streichen der Herrensöhne teilhaben. Wohl verstand ich mich mit dem einen oder anderen ganz gut, aber in entscheidenden Unternehmungen ließen sie mich fühlen, daß ich der Sohn eines Musikdirektors war ...
Eines Tages hatten die Herrensöhne vor, ein Amselessen zu veranstalten ...
Ich hatte nie eine solche Jagd mitgemacht. Ich stand meist außerhalb des Gitters und wagte es gar nicht, den feierlichen Park zu betreten ...
Ich wußte, daß auch Pia, die Schöne, dabei sein würde ...

Sehr bang stand ich an der Treppe, die zum Hauseingang führte. Fast wollte ich umkehren. Aber war ich weniger als sie? Ich lauschte vor dem vergitterten Tor. Ein Glockenzug lockte. Ich zog mit zager Hand. Es blieb still, doch vermutete ich Stimmen ... Ich zog stärker und hörte eine Tür aufschließen.
Was ich wolle, fragte die Magd.
»Ich bin zum Amselessen eingeladen.« ...
Sie ließ die Tür offen und drückte eine andere auf, die in einen großen Saal führte. Dort stand sie auf der Schwelle und rief ein paar Worte hinein ...
»Das ist zum Schießen! Der hat das ernstgenommen!«
Ein barbarisches Gelächter brach los ...

Ich hatte einen hellen, stählernen Sopran, das harte Klingen einer Knabenstimme, die Herzen viel mehr zu rühren vermag als jede andere, vermutlich, weil eine besondere Reinheit und sterbliche Unschuld mit einer solchen Stimme verbunden sind.
... Als die Stelle von der Schuld kam, sang ich echt. Ich vergaß, daß ich Zuhörer hatte. Ich war in den Bezirken wahrer Kunst.

... der Sturz von der Leiter ... war mir viel näher als etwa jener Unfall, da mir das Gefährt eines Heuwagens über den Bauch fuhr. Auch dort war ein Kampf mit dem Atem. – Aber hier, beim Sturz von der Leiter, prägten sich die paar Zentimeter unlöslich ein.
Ich nahm das Erlebnis hinüber in die erweiterte Welt. Daß es nur ein Geringes braucht, und man stürzt von den Leitern des Ruhmes, der Ehre, der Unbescholtenheit, der Gesundheit oder des Leichtsinns, in jene Tiefe, die nur einige Zentimeter neben dem Tod liegt.

Lehrer Bommer führte uns in die wunderbaren, schleierhaften und dennoch unauflöslichen Untergründe und Zusammenhänge menschlichen Wesens, in das Aderwerk kreuzender Geister, wie man es sonst nur im Pflanzenreich oder an Bergstollenschichten beobachten konnte. Er kannte sich darin aus, als ob er sie selber erbaut hätte, und er warf jedem Unreifen oder Staunenden, mit sechsundneunzigjährigem liebenswürdigem Lächeln, das auch eine junge Dame entzückt hätte, einen Ariadnefaden zu, wenn uns der Minotaurus der Prüfungsangst entgegenschnaubte.

Doch wir waren zu große Lümmel, um solche in Sommer- und Winternächten schwer errungene Weisheit zu würdigen. Wir trieben in der kostbaren Zeit allerhand Schabernack ...

Der Kenner Goethes, Schillers und Hebbels aber meinte, indem er seine rechte welke Hand dienend ans Ohr hielt: »Wenn einer dem anderen etwas sagen will, soll er es leise sagen.«

Nun konnte ich nicht mehr lachen, weil ich gerührt über die Würde war ... Manchmal, an einem stillen Sommertag, unter heißen Fichten und Ameisen ist es mir, als ob er sich aus einer Wolke neige ...

Ich hatte die gefährliche Ehre in Méhuls Oper *Joseph in Ägypten* den Benjamin zu singen.

Die Gefahr zeigte sich darin, daß ich eine Art Eitelkeit bekommen haben mußte, mir selber zwar unbewußt, aber für andere Menschen scheinbar vorhanden.

Ich sang die Partie herzlich und von meinem Natursopran weg mit klarer Stimme und ohne Pose oder Absicht, durch Mätzchen auf die Zuschauer zu wirken. Es war mehr ein klingendes Sein, in der Gestalt eines Knaben. Daß ich aber für diese Partie erwählt wurde, hob mich aus der Masse der Schüler hervor. Die Verehrung war nicht nur in der eigenen Klasse spürbar. Die älteren Studenten begannen zu schwärmen und mir Liebesbriefe zu schreiben; Zusam-

menkünfte an einer Gangecke oder im Freien vorzuschlagen oder gar mich zu überfallen und an sich zu drücken. Man spendete mir Lob in Form von Schokolade, Cremerollen und Büchern. Auch die Lehrer bekundeten nachsichtiges Wohlwollen, wenn ich übermüdet schien oder zu träumen wagte, somit vermutlich in der Rolle war. Also geschieht dem Außerordentlichen! ...
Ich war Jüngling noch an Jahren,
Vierzehn zählte kaum ich nur ...
Zweifellos sah ich in meinen bis zu den Schultern wallenden blonden Locken, den himbeern gemalten Wangen und im weichen Stoff meines Kostüms recht verführerisch aus.

Wir kamen auf die Idee, uns Bärte wachsen zu lassen. Das Hirn irgendeines Mitschülers gebar den Einfall, und wir hätten keine Zöglinge eines strengen Internats sein dürfen, um die ergötzliche Vorstellung der möglichen Bartgesichter nicht Wirklichkeit werden zu lassen. Es war eine Verschwörung, die mit Haaren in Betrieb gesetzt wurde und für uns erregender war als manche Verschwörung der Weltgeschichte.

Sie hieß Emmy ... meine erste Liebe.
Welch ein strahlender, blühender Tag, voll Wolkenschaums und hellen Winden, voll Bläue und schwankend zitterndem Grün, als ich eingeladen wurde, in Emmys Garten zu kommen. Wohl saß eine biedere Gouvernante da. Wohl lachten die Sperberaugen eines listigen Bruders. Wohl wachte und atmete die besorgte Güte einer breiten Mutter. Aber was vermochten sie gegen die jungen Augen zweier liebender Menschen, gegen die schüchterne Sehnsucht und schamhafte Wehr?
... Ich hatte damals ein Epos geschrieben. In alexandrinischen Versen. Und das wollte ich vorlesen ...

Es konnte nicht gelingen, das ganze Werk meines Mannes, auch nicht seine Bekundungen über seine Knabenjahre in eine Nußschale zu zwingen, und das war auch nicht meine Absicht.
Ich wollte nur etwas von dem, sagen wir einmal: vom Knabenhaften, das auch noch im Manne wirkte, sichtbar machen.
Abschließen möchte ich mit seinem Gedicht aus dem Jahre 1935.

Dir

Morgen sehe ich dich wieder,
Du mir alles, ewige Braut!
Hunderttausend Jubellieder
Sind im Herzen aufgetaut.
Meines Lebens großer Treffer,
Meines Meeres fester Halt:
Guter, schönster Stern im Dunkeln,
Klares Sein voll Lichtgestalt!
Edler Leib voll reinster Tugend,
Keusches Weib voll Zärtlichkeit,
Schöner mit der Zeit an Jugend,
Und vor Schlechtigkeit gefeit.
Einzge Liebe ohne Reue,
Höchste Lust befreit vom Weh:
Holdes Bild gesunder Treue,
Tiefer, klarer Spiegelsee.
Deine Rache ist die Güte,
Edel du im reifsten Schmerz:
Jedes Wort ist eine Blüte
Und ihr Wurzelgrund dein Herz!
Bester Engel aller Himmel,
Fraglos unverdientes Glück:
Eine Flucht zum Paradiese
Ist der Weg zu dir zurück.

Füreinander bestimmt

Um meine Studien für das Theater, die ich in Wien bereits vor der Matura aufgenommen hatte, weiter zu betreiben, reiste ich meiner Lehrerin Maria Moissi nach München nach. In der Rheinstraße fand ich eine kleine Wohnung, in der ich Gretchens Glück und schuldbewußte Verzagtheit probieren konnte; als Käthchen sah ich mich im Spiegel und arbeitete die Anweisungen meiner Lehrerin. Ich lebte in den Rollen, versuchte soviel wie möglich aufzuspüren, um es dann mit meiner Lehrerin zusammen auszuarbeiten und zu fixieren.
Als Luise stand ich am Königsplatz, nah an den mächtigen Säulen, kämpfte um Trost und Standfestigkeit und wollte das Nichtuntergehen lernen.

In meiner Begeisterung war ich sehr fleißig, machte ein paar Sprünge ins Allzugefühlige, die mir bald schon als Ausschweifungen vorkamen: ich wollte mein Herz schütteln und die Regungen für die Bühnenarbeit gewinnen.
Ausdauer und genaues Arbeiten haben sich in der Zeit gefestigt, so daß mir vieles für mein Leben geblieben ist.

Bei Professor Artur Kutscher, der theaterwissenschaftlichen Kapazität der Universität, belegte ich Seminare und hielt auch Referate. Als ich einen meiner Kollegen fragte, wie denn das Referat gewesen sei, meinte sein Nachbar träumerisch: »Ich habe immer gedacht, diese Augen, die diese Frau hat... diese Augen.«

Sollte das heißen, man nahm mich nicht ganz ernst? Oder was sollte das heißen? Sei's drum, dachte ich. Wir werden ja sehen. Und ich arbeitete weiter.

Ein junger Kollege, der Dichter werden wollte, gab mir seine Texte zu lesen. Als meine Begeisterung gegenüber dem, was er geschrieben hatte, mager blieb, meinte er, ich sei durch die Klassik verdorben, könnte mich nicht dem Zeitgeist öffnen.

Professor Kutscher war ein origineller und geselliger Mensch, sehr kollegial zu den Studenten. Er hat oft Ausflüge und Exkursionen mit uns gemacht. »Manches muß man sehen, um es zu begreifen«, war einer seiner Aussprüche.
Seine Frau, eine Münchnerin, unterstützte ihn nach besten Kräften und führte ein gastliches Haus, in dem ich bald heimisch wurde.
Dort lernte ich seinen Neffen kennen, der mir aus zweierlei Gründen im Gedächtnis blieb. Er war Student der Hochschule für Bodenkultur und stellte sich mir als »Forstbeflissener« vor, was mein österreichisches Gemüt erheiterte. Aber dann sagte er am Tisch: »Professor Kutscher ist der fleißigste Mann, den ich kenne, und sie«, dabei deutete er auf mich, »die fleißigste Frau.«
Natürlich ging mir das wie Öl herunter, zumal niemand widersprach, aber es machte mich auch ein kleines bißchen verlegen, nur ein kleines bißchen, ich gesteh's.

Unter den vielen jungen Schriftstellern, die Artur Kutscher zu Lesungen einlud, war auch Hermann Ferdinand Schell, der damals eine Aufführung von zwei Bauerndramen in München hatte.
Er las aus »Die Weltrevolution« und begeisterte uns alle. Seine Worte hatten Feuer und Kraft, und er trug sie feurig, sehr ausdrucksvoll in leichtem, schweizerdeutsch gefärb-

tem Akzent vor. Da war der Zeitgeist, der mich packte, da waren die Worte mächtig und scharf. Dagegen waren die Worte meines Kollegen nur Gestammel gewesen.
Mich ließ der Mund nicht los, der diese Worte formte. Immer wieder neue Worte, ohne Unterlaß, und immer wieder neu formulierte sie der Mund, formte sie, buk sie aus, stanzte sie. Die Formulierungen hoben und senkten sich, Gesang schien in ihnen zu ruhen und mal mächtig und mal still auszuströmen.
Der Abend war ein voller Erfolg für ihn.

Einige Zeit später machte ich eines Tages verschiedene Besorgungen in der Stadt und hatte plötzlich das unbedingte Gefühl, ich müsse nach Hause gehen. Ich hatte das Empfinden, daß mich ein Telegramm oder etwas Ähnliches überraschen würde. Also verabschiedete ich mich in Eile von meinem Bekannten und rannte fast in die Rheinstraße.
Eine Männergestalt! War das der Dichter, der gelesen hatte? Ein Schatten, es blieb ein Schatten, denn ich rannte in meine Wohnung. Aber in dieser Wohnung war nichts. Keine Nachricht. Nichts. Eine Täuschung?

Nein, der Schatten war Hermann Ferdinand Schell gewesen, der bei einem Dozenten für Musik in dem Haus, in dem ich wohnte, zu Gast gewesen war. Und er hatte mich gesehen. Später erfuhr ich, daß er bald darauf den Dozenten wieder aufgesucht hatte, daß die beiden über mich sprachen und der Dozent meinte, ich sei eine junge verheiratete Frau, das Türschild »Noé von Nordberg« verrate es.
Aber Schell wollte davon nichts wissen: »Das wird einmal meine Frau!« sagte er.

Der Dozent lachte, aber Schell lauerte mir auf. Am 1. Juni trat er zu meiner Verblüffung auf mich zu und sagte: »Ich

bin der Dichter Hermann Ferdinand Schell, ich habe Ihnen etwas Wichtiges zu sagen. Wann kann ich Sie sprechen?«
Reichlich verblüfft und mich auch überrumpelt fühlend, sagte ich für den nächsten Tag zu, wollte ihn am nächsten Morgen empfangen. Dabei hatte ich meinen Geburtstag ganz vergessen, der am nächsten Tag war. Ich hatte einige Kollegen zu einer kleinen Feier eingeladen.

Als nun der Schell am nächsten Tag in die Geburtstagsfeier platzte, entschuldigte ich mich und sagte, ich hätte Besuch, ob wir die Unterhaltung nicht einen Tag verschieben könnten. Da wurde er richtig böse und meinte, man könne mit ihm nicht solche Scherze treiben. Als ich betroffen reagierte, entschuldigte er sich für seine Heftigkeit, und wir verabredeten uns für den nächsten Tag um 16.00 Uhr.
Und er kam. Pünktlich war er zur Stelle.
Er bat mich, seine Frau zu werden.
Und die Verlobung besiegelte ein Kuß.
Der erste Kuß meines Lebens, der Kuß, dem ich dann auf der Hütte, sehr verliebt und schwelgerisch, den Baum pflanzte, der noch heute steht.

Es traf sich, daß zwei Tage danach Professor Kutscher mit seinem Seminar eine Exkursion nach Wien vereinbart hatte, der ich mich anschließen durfte.
Wir fuhren donauaufwärts mit dem Schiff nach Wien. Es war eine herrliche Fahrt, bei der sich sehr stark romantische Züge meines neuen Brautstandes meldeten.
Noch immer leicht verwirrt, aber auch recht traumbefangen schwelgte ich in kleinen seligen Zuständen und wünschte mir ein ums andere Mal meinen Zukünftigen herbei.
Um ihm meine schönen und neuen Gefühle mitzuteilen, wollte ich ihm schreiben, entdeckte aber, daß ich den

Vornamen vergessen hatte. Und seine Adresse wußte ich auch nicht.
Mit viel Geschick, wie mir erinnerlich ist, brachte ich beides heraus und schrieb ihm einen Brief mit vielen kleinen schwelgerischen Zärtlichkeiten.

Als wir in Wien ankamen, fiel ich meinem Vater um den Hals und sagte ihm gleich, daß ich nun verlobt sei. Er nahm es sehr herzlich und freute sich mit mir über mein Glück.
Meine Großmutter, die seit der Krankheit der Mama das Haus führte und es genau wissen wollte, fragte mich: »Hat er schwarzbraune Augen oder hellblaue?«
Verdutzt darauf ich: »Das weiß ich nicht.«
Und sie spöttisch: »Ja, was weißt du denn?«
Eines wußte ich ganz gewiß, daß er einen großen ausdrucksvollen Mund hatte, mit Lippen, die sich um die Worte zu legen schienen, bevor sie den Mund ganz verließen. Und das sagte ich ihnen, nicht ganz so ausführlich.

Natürlich war meine Beschreibung eines Mundes, der Worte so schön formen konnte, eher anstachelnd, neugierig machend und sehr wenig ausführlich, so daß ich versprach, das Original so rasch wie möglich beizubringen.
Dazu war schon nach kurzer Zeit Gelegenheit.
Professor Kutscher machte mit einem anderen Seminar erneut eine Exkursion nach Wien. Ich war wieder dabei. Und diesmal fuhr mein Verlobter mit.

Mein Vater fand sofort Gefallen an ihm, sagte: »Da ist er ja!«
Er betrachtete ihn mit großem Wohlgefallen. Auch meiner Großmutter schien er sehr zu gefallen. Und so war alles voller Zufriedenheit. Wir verbrachten ein paar schöne Tage in Wien.

Einmal, abends, saßen wir beim Heurigen, eine Runde um

Professor Kutscher. Da war eine junge Studentin dabei, die meinen Verlobten für Arthur Schnitzler hielt und dementsprechend für ihn schwärmte und unbedingt ein Autogramm haben wollte.
Professor Kutscher, wie immer gut aufgelegt, blinzelte übermütig: »Aber Arthur, tu ihr doch die Freude, wenn sie schon so gern ein Autogramm von dir will. Gib ihr doch eins.«
Mein Zukünftiger, der sehr befangen war, gab ihr schließlich ein Autogramm als Arthur Schnitzler. Er hat das später oft zum besten gegeben und stets dabei beteuert, es sei die einzige Fälschung seines Lebens gewesen.

Professor Kutscher freute sich über seine »Verlobten«, die ihr Glück seinem Seminar verdankten, wie er immer wieder erwähnte.
Schöne Tage waren das in Wien. Und dann wieder in München. Es blieb schön.
Es hatte meinetwegen eine mir sehr schmeichelnde Auseinandersetzung zwischen dem Deutschen Volkstheater in Wien und den Kammerspielen in München gegeben, die ich geschickt für mich zu nutzen wußte, weil mir die Kammerspiele zur Spielzeit 1924/25 für ein erstes Engagement bessere Bedingungen boten.
Meine erste kleine Rolle hatte ich bei einem Gastspiel Hermine Körners in dem Stück *Liselotte von der Pfalz*.
Meine erste Rolle, nun nicht mehr als Laie, mein erster kleiner Triumph. Die Kritik hatte mich, Gretl de Noé, nicht nur entdeckt, sondern auch lobend erwähnt. Frau Moissi berichtete mir, was in der Zeitung gestanden hatte, ich hatte es nicht gelesen. Bescheidenheit? Vielleicht.

Weitere kleinere Rollen folgten, die mir mehr Sicherheit auf der Bühne brachten. Meine erste große Rolle sollte die Prinzessin in Goethes *Torquato Tasso* sein, ein Gastspiel der Kammerspiele in Augsburg.

Kurz vor der Premiere bekam ich ein Telegramm von meinem Verlobten:
»Wenn du mich liebst / spielst du heute abend nicht.«
Ein Schlag, und was für einer.
Die Premiere vor Augen, deshalb sowieso schon halb aufgelöst, dann wieder berstend vor Spannung, und dann das!

Was hatte das zu bedeuten? Warum schrieb er das?
Nun, ich muß sagen, daß mein Mann rasend eifersüchtig war, obwohl er dafür nicht den geringsten Grund hatte. Er loderte vor Eifersucht. Und man weiß ja, daß dieses Mißtrauen wie eine Krankheit wüten kann.
Rein äußerlich betrachtet, mag es so entstanden sein: Alle behaupteten immer wieder und viele Schwärmereien bewiesen es, daß ich eine schöne Frau gewesen bin. Und Schönheit bestrickt und verführt wohl, nicht selten zu Lasten der schönen Person, die sich wehren muß, was sich zu einer starken Abwehrhaltung verfestigen kann. Ich selber bin mir nie besonders schön vorgekommen.

Ich hätte mein Aussehen weder an dieser Stelle noch einer anderen erwähnt, wenn ich nicht darin den äußeren Grund sah, der meinen Mann zu der starken Irritation trieb, die sich bis zur Raserei steigern konnte.
Er selber war ein gutaussehender Mann, und er kannte wohl den Stachel der leichten Verführbarkeit, denn er gefiel stets allen Frauen ausnehmend gut. Selbst denen gefiel er, die ihn als Dichter nicht verstanden oder ihn nicht besonders hoch einschätzten.

Natürlich spielte ich die Rolle, wenn auch mit zerrissenem Herzen.
Ich ging sehr weit in meiner Einfühlung. Verstand ihn gut oder glaubte, ihn zu verstehen. Wollte ihm nicht weh tun. Fühlte mich wohl auch geschmeichelt, daß er so unerbittlich liebte.

Ja, so treu und unverbrüchlich hatte ich mir Liebe und Ehe vorgestellt. Wenn überhaupt, dann ganz und gar.
Und das Opfer?
Es kam immer näher.

Bald darauf besuchten wir gemeinsam eine Theateraufführung, in der eine harmlose Liebesszene gespielt wurde. Hermann, der wußte, daß ich die Rolle gern gespielt hätte, fing an sich zu ereifern.
Wie könnte ich denn nur zulassen, daß diese Hände, die fremden Hände mich berührten? Und was würden diese Hände in mir bewirken? Und welches Verlangen würde erst gespielt und dann erlebt werden müssen? Und wo sollte ich es denn hernehmen, wo sollte ich den Ausdruck hernehmen, wenn es nicht ...
Die Eifersucht trieb ihn immer stärker, er rutschte immer tiefer hinein, was ich nicht begriff; statt dessen die Szene, weil sie wirklich harmlos war, auch noch verteidigte.
Da verlor er gänzlich die Kontrolle, fing an auf mich einzuschlagen, so daß wir beide, tief beschämt, das Theater verlassen mußten.
Er entschuldigte sich danach und war ganz aufgelöst.
Das Opfer, der Verzicht rückte immer näher.

Er hatte mir versprochen, während der Verlobungszeit, also wenigstens noch zwei Jahre, spielen zu können.
Aber wie sollten wir das aushalten? Würde er nicht auf die Bühne stürmen und jede Hand, die sich mir näherte, in der reinsten Verzweiflung abzuhacken versuchen?
Dieses Ganz und Gar, das ich ja durchaus auch wollte, würde jede Bühnenarbeit verhindern, in der ich nicht, in einen eisernen Panzer gehüllt, nur Gift und Galle gegen die Männer sprühte.
Aber die Heroine, der stolze, abweisende Eisblock, war mein Fach nicht. Ich war engagiert, die jugendliche Naive zu spielen. Und da gab es viele Berührungsmöglichkeiten.

Auch wenn die Berührung auf der Bühne von der Rolle her verzagt und leidvoll war, sie würde meinen eifersüchtigen Hermann nicht besänftigen.

Aber es waren ja nicht nur die Hände.
Die Seele war noch schlimmer dran. Ein Stück meiner Seele, das ich in das Spiel einbringen mußte, würde auch den Partner einschließen. Hermann bebte vor Eifersucht.
Ich spürte allmählich, daß er mich ganz und gar besitzen wollte. Jeder Gedanke in mir, über den er nicht verfügen konnte, brachte ihn in Verzagung, Verzweiflung, Raserei.

Ich fühlte die Entscheidung näherrücken.
Entweder die Verlobung lösen, weiter Theater spielen, oder aber das Theater aufgeben.
Eine schreckliche Entscheidung, die meinen ganzen Lebensplan purzeln ließ. Ich liebte das Theater. Ich hatte es von klein auf geliebt. Und war ich nicht geradlinig ins Theater hineingewachsen?
Zuerst die Gedichte, das Verschlungensein des heranwachsenden Mädchens mit den hehren Geistern und Gefühlen der Vergangenheit, meine Vorträge in den kleinen Gesellschaften meiner Eltern. Hatten da nicht die Dichter aus meinem Mund gesprochen?
Dann in der Schule Rollen und selbständige Inszenierungen kleiner Stücke. Viel Lob, viel Arbeit und Energie. Energie, die wuchs und die Leidenschaft für das Theater vorantrieb.
Dann die Besuche im Burgtheater. Wie hatte ich gezittert und gebebt und alles mitempfunden, ja wirklicher empfunden als die Wirklichkeit neben mir.
Junge Männer hatten mich begleitet, aber was sie fühlten oder was sie sagten, interessierte mich nicht.
Für mich war die Liebe auf der Bühne.
Die Liebe war ein schmerzlicher oder ein schöner Anlaß zum Spiel gewesen.

Das Spiel bewegte und erschütterte mich.
Kaum eine Erschütterung war so tief wie die Erschütterung, die von der Bühne ausging; meine Leidenschaft, das war die Verwirklichung auf der Bühne; bis eben Hermann Ferdinand kam. Bis er sein Entweder Oder vortrug mit dieser rasenden Leidenschaft.
Was sollte ich tun?

Hatte ich noch eine Wahl?

Ich wollte Gott bitten, mir zu helfen. Hatte er es nicht schon einmal getan?
Als Kind hatte mir die aufklärerische Tante das Glauben schwergemacht durch die Behauptung, nur dumme Menschen würden glauben, gescheite lachten darüber. »Und du willst doch nicht dumm sein, du bist doch im Gegenteil ein sehr gescheites Mädchen.«
In der Schule hänselte man mich wegen tapfer vorgetragener Äußerungen des Glaubens. Als Kind sucht man die Gemeinschaft, will sich nicht ausschließen lassen; leidet, wenn die Gemeinschaft gestört ist.
Und so bohrten und fraßen die Bemerkungen der Tante, deren Weitblick und forsche Art ich ansonsten bewunderte. Mein Glaube ging mehr und mehr in mir in den Untergrund.
In Holland, an einem Dienstag – wie genau ich das noch weiß – kam Christus in mein Zimmer.

Ich hielt mich in Holland auf, kurz nach dem Tod meiner Schwester, die an der Spanischen Grippe gestorben war, um meine Unterernährung zu überwinden, Folge des Hungers nach dem Ersten Weltkrieg.
Es war damals eine schlimme Zeit in Wien. Der Friedhof konnte die Toten kaum fassen. Wunderschön lag Muckerl, meine Schwester, im Bett, wie ein Schneewittchen. Mein Herz war zerrissen vor Kummer. Und immer wieder dachte

ich: Wenn es nun Gott nicht gibt? Wenn es ihn aber gibt, betete ich verzweifelt, dann mach sie wieder gesund.
Sie starb, wie viele starben.

Mein Leib war mager, meine Seele war bleich und zerrüttet.
Zu meiner Rettung kam ich nach Holland, wo ich die erste Zeit nur gedünnte Milch und Kekse zu mir nehmen konnte, so schwach war ich.
Ich war bei einer protestantischen Familie. Wir sprachen fast nie über Gott. Es waren keine religiösen Leute. Aber dann, ich war allein im Zimmer, spürte ich plötzlich, wie jemand das Zimmer betrat. Ohne eine Vision zu haben oder jemand wirklich zu sehen, wußte ich, daß es Christus war, der zu meinem Bett trat.
Er sagte: »Kind, komm doch heim zu mir!«
Ein heißer Strahl großen Glücks durchströmte mich. Christus war da, meine Schwester würde bei ihm sein, und mich wollte er auch wiederhaben. Ich hatte meine Heimat wieder. Ich war stolz und aufgewühlt danach.
Ich spürte mein Leben jetzt ganz fest, ich hatte wieder sicheren Halt.
Die Zweifel verschoben sich und wurden schwächer.
Christus war zu mir gekommen, um mir die Schrecken und tiefen Zweifel zu nehmen.

Ich war ja auch so allein.
Nicht nur fremd bei der Familie in Holland. Herzensgute Menschen, aber Fremde.
Mir war es, als ob alle gläubigen Menschen in einem wunderbaren Paradies wandelten, und daß nur für mich der Zugang versperrt sei. Ich wollte alles tun, um richtig glauben zu können. Manchmal hatte ich das Verlangen gespürt, mit den Händen in der Erde graben zu müssen, um durch Bußübungen wenigstens vor das Tor des Paradieses zu gelangen.

◁ 9 Vorhergehende
ite: Als junge Frau

10/11 Gegenüber-
gende Seite: Auf der
n mit unserer Erst-
borenen, Maria (oben),
d (unten) mit meinem
uder Hermann sowie
n Kindern Maria
d Carl

Als stolze Eltern mit
ıria ▷

Unten: Mit Carl,
ıximilian, Immy und
ıria, ca. 1939

Nächste Seite: Als
ıria Stuart, 1942 ▷▷

Und dann hatte Christus ein Zeichen gesetzt, er hatte mich gerufen, die Zweifel würden verschwinden, was sie auch taten.
Und so ein Zeichen verlangte ich jetzt.

Ich wollte Christus nicht herausfordern. Ich war nur ähnlich verzweifelt wie damals in Holland und fühlte mich genauso allein.
Was sollte ich tun?
Wo war der Weg, den ich zu gehen hatte?
Ich besuchte die Heiliggeist-Kirche, um der Heiligen Messe beizuwohnen. Es waren wenige Menschen in der Kirche, ein normaler Wochentag und noch sehr früh.
Ich kniete mich hin, betete, und dann fing ich an, Gott meine Kümmernisse mitzuteilen. »Ich liebe das Theater«, schluchzte ich, »wird nicht auf allem ein dunkler Schatten liegen, wenn ich das Theater jetzt verlassen muß?«

Der Priester ging sehr langsam, mein Blick fiel erneut auf das Gemälde mit den Feuerzungen; das Pfingstereignis zog mich in sich hinein. Ich kniete auf meinem Platz – aber war ich nicht auch in dem Bild drin? War nicht alles warm und lebendig?

Wieder kam eine Unschärfe in meine Wahrnehmung, wie damals in Holland, wo zwischen der Stimme, die ich ganz deutlich vernahm, und mir, die ich im Bett lag, so etwas wie eine Nebelwand aufgezogen war.
Es war das gleiche Gefühl.

Nur war die Stimme nicht deutlich, wie sie es in Holland gewesen war; jetzt eher so eine Empfindung, als befände sich etwas in der Nebelwand, nicht dahinter wie in Holland.
Ich hatte das ganz starke Bedürfnis, etwas durchdringen zu müssen. Wie unter einem Zwang mußte ich mich umdrehen.

Und da sah ich, unter der Empore, hinter dem schmiedeeisernen Gitter, vier Kinder. Und ich wußte, daß es meine Kinder waren. Maria, die Ältere, war so um die fünfzehn Jahre alt.
Sie blieben eine Zeitlang hinter dem Gitter, als wollte mir das bedeuten, daß sie ja noch nicht da waren, daß ich mich ja erst entscheiden mußte.
Dann verschwanden sie.
Tröstliche Wohligkeit breitete sich aus.

Ich war inzwischen ganz allein in der Kirche.
Es war die Hilfe, der Fingerzeig, ich wußte es, die Entscheidung für die Ehe.

Jetzt mußt du verzichten, aber deine Kinder werden dich entschädigen. Sie werden größer werden, als du je sein kannst. Tu es. Entscheide dich! Entscheide dich für sie.

Als ich die Kirche verließ, weinte ich.
Die Entscheidung war gefallen.

War sie gefallen?
Noch wehrte ich mich, aber ich wußte, es gab keinen anderen Weg als den vorgezeichneten. Alles hatte seinen Sinn. Man muß nur Vertrauen haben.

Königskinder

Maximilian hat einmal in einem Fernsehinterview gesagt, oder war es Maria, ich weiß es nicht mehr genau, wer von beiden es gesagt hat: »Die Eltern sind im herkömmlichen Sinne immer arm gewesen, aber wir haben es nicht gemerkt.«
So war es.
Wir haben alle beizeiten zaubern gelernt.

Mein Vater hatte Hermann und mir erlaubt, auf die Hütte nach Kärnten zu fahren. Wir fuhren also, und so kam ich das erste Mal nicht mehr als Kind, sondern als Verlobte auf die Alm.
Wir mußten damals noch zu Fuß von Twimberg nach Preitenegg gehen, und es war spät geworden. Wir wollten übernachten und suchten eine Herberge; zu teuer durfte es nicht sein, Hermann hatte kein Geld, und ich auch nicht.
Wir fanden eine einfache Unterkunft, und ich fragte die Wirtin, ob sie zwei Einzelzimmer hätte.
Sie sah mich erstaunt an und sagte, sie hätte schon ein Zimmer, es schlafe nur ein Handwerksbursche darin, so daß noch zwei Betten im Zimmer frei wären.
Ich mußte lachen.
So schliefen also Hermann und ich zum ersten Mal in einem Raum zusammen – mit einem Handwerksburschen in Preitenegg.

Der nächste Morgen war ein herrlicher Tag.

Wir stiegen früh auf, und mein Verlobter sog die Luft ein, daß ich ihn darum, wie er es tat, um so mehr liebte und allen Kummer vergaß.
Die Stadt und die Aufregung fielen von uns ab. Mit jedem Schritt stiegen wir in größere, höhere Friedfertigkeit. Die ersten grünen Blätter an den Laubbäumen wagten sich schon hervor und im Sonnenglanz bildeten sie einen leichten, zarten grünen Schleier. Die Triebe der Fichten waren noch versteckt. Wir erreichten unsere Hütte und legten uns nach einem langen Blick ins Tal mitten in das schon kräftig grüne Gras, das die Sonne wohlig für uns gewärmt hatte.

Hermann lag neben mir, der Mann, der einzige, so nah.
Er hielt meine Hand und unser beider Blick verlor sich im Himmel, wie er sich vorhin im Tal verloren hatte.
Ich hatte ihn beobachtet, seit wir den Zug verließen. Was empfindet er? Was denkt er? Was sieht er?
Für mich war die Alm nicht nur eine kleine Hütte aus Holz, freundlich gelegen an einem Hang. Dann ein Tal und dann wieder ein Hügel, der seine sanften Konturen in den Himmel zeichnete. Für mich war dieses Tal wie die hohle Hand Gottes, an deren Rand wir siedelten, zum Staunen geboren, zum Frieden und zum Ausgleich bedacht. Ein geschenktes Gefühl zum Weitertragen.
Hatte er etwas davon gespürt?

War ihm das eine ähnliche Welt?
Oder ging er stumpf und leblos in diesem Jubel spazieren?
Er schnaufte und nahm meine Hand.
Hermann atmete wie ich. Und seine Augen glänzten. Er spürte den Zauber, hielt den Atem an, als wolle er sich wundern über die Kraft.
Seine Schritte hinauf waren behutsam gewesen, ein wenig fremdelnd, dann weich und standfest für den kurzen Augenblick des Überblicks, dann stürmisch und ausgelassen, mich reißend und die Büsche streifend.

Er war ein Kind, das den Mann in sich langsam hochträgt. Und ich freute mich in fast vollkommenem Glück darüber.
Er sah die winzigsten Auffälligkeiten der Gräser, fragte mich nach den Namen der ersten zarten Blüten. Er berührte mehr als einmal die Stämme des Waldes; rieb sich die harzigen Finger und lachte. Und während er die Bäume anfaßte, spürte ich seine große, weitgespannte erotische Kraft.

Ja, so einem Mann würde ich beistehen, mit ihm gemeinsam die Worte finden für die zarten Ausdrücke, die bewegenden Schwingungen.
Den Blick in die Weite der Schöpfung wollte ich mit ihm tragen, wollte ihm helfen mit allem, was ich hatte.
Er war wie ich, und doch wieder ganz anders.
Wir würden in den Besitz unserer gemeinsamen Seele eingehen.
Mich schauderte vor diesem unergründlichen Schöpfungsplan.

Wir lagen im Gras und küßten uns nicht. Der Himmel küßte uns, und wir ließen es geschehen. Es war die Ahnung der ewigen Liebe, die uns übermannte. Ich spürte wie er.
Er spürte wie ich.
Ich jubelte. Unsere Herzen waren zu Recht verschweißt bis in die Ewigkeit. Wir würden einander besitzen für immer. Einer dem anderen alles sein ... die göttliche Botschaft. War sie es nicht?

Und wann kam die Schlange?
In Glück und Seligkeit schwelgend, übertrieb ich.
Schlangen gab es bei uns nicht. Die Alm war schlangenfrei. Aber die Schlange des Paradieses lockte weiter in den Jubel, brachte die tödlich gefährliche Gottähnlichkeit näher.

Es ist das Glück, das ins Elend mündet, weil man es übertreibt.
Es ist immer das Glück, das einen verführt.
Es wird auch heute nicht anders sein.

Heute, da ich unter dem Baum sitze, in den der Blitz einschlug, dem Kußbaum, wie die Kinder sagen, nur wenige Meter von der Stelle entfernt, an der wir damals in den Himmel wuchsen, heute bereue ich nichts. Es war alles gut so. Es war ein langer Weg mit vielen Steinen.

Wir haben wohl beide für die wenigen rauschhaften Übertreibungen durch harte Knochenarbeit abbezahlen müssen, haben unter Preis arbeiten müssen, um das Glück zu bezahlen.

Das Glück ist ja nicht nur das Glück, das man genießen darf in Augenblicken; es sind die Verbindungen, die überkippen, es sind die Schwüre, die langsam zu Fesseln werden. Und die Fesseln schnüren nicht mehr nur das Glück ein; sie schnüren weiter und pressen.
Gut, daß es etwas gibt, was den Übertreibungen des Glücks standhält, was sie überdauert.

Schon wenige Wochen nach unserer Hochzeit sollte ich die ersten Schnitte spüren.
In München gingen wir Hand in Hand. Er sagte, ich solle mich beruhigen. Und ich beruhigte mich; es tat so entsetzlich weh. War es nicht der Weg zum Schafott? Ich sollte nicht mehr Theater spielen.

Aber noch liegen wir im zart duftenden Gras, unter Brummen und leicht an- und abschwellendem Sirren von neugierigen Insekten; eine Hand in der anderen, wohl auch ein wenig schläfrig unter dem Glücksrausch; ich hatte in der engen Kammer in Preitenegg, nur zwei Schritte von dem schnarchenden Handwerksburschen entfernt, zum ersten Mal in meinem Leben mit zwei Männern in einer stickigen Stube geschlafen, und zwar sehr schlecht.

Den Schlaf und auch die Hitze des Glücks aus den Kleidern schüttelnd, ging ich zur Bäuerin; holte Brot, Milch und Schinken und bekam auch von der ersten Butter nach der Winterfütterung.
Es mag sein, daß man nach der leicht ranzig und lehmig schmeckenden Butter des Winters bei der ersten neuen Butter die zarten Gräser und die neu erwachten Blumen mitschmeckt; es mag sein, daß man auch das übertreibt.

Mein Verlobter saß im Gras und schrieb. Von nun an ein vertrauter Anblick. Ohne große Übertreibung kann ich sagen: er schrieb unaufhörlich, mit einer winzigen Schrift auf winzig kleine Zettel, von denen es jetzt noch Millionen geben muß. Sein Schatz. Seine Arbeit. Seine Übertreibungen. Seine Hoffnungen. Seine Unermüdlichkeit. Sein Pochen gegen das Glück, und um es herauszufordern! Sein Verzagen und seine Enttäuschungen. Seine stille Ergebenheit und seine weisen Einsichten. Seine Andacht.

Um ihn zu locken, ließ ich ihn eine Messerspitze Butter kosten, weil ich ganz sicher war, er würde meine Begeisterung teilen; aber er knurrte nur. Ich schob mich tänzelnd und gutgelaunt auf die Hütte zu und bereitete auf dem Tisch vor der Tür unseren Abendbrottisch.
Es dauerte, aber dann kam er strahlend und setzte sich; nachdem er erst symbolisch die Welt umarmt hatte, und dann, recht zupackend und besitzergreifend, mich.
Es war nicht leicht, ihn zum Sitzen zu bewegen. Und im Sitzen seine Aufmerksamkeit auf das köstliche Brot, den Schinken und die Butter zu lenken. Er hob das Glas Milch, ließ es feierlich in der sinkenden Sonne leuchten, trank und aß, nachdem er mir sein Gedicht vorgetragen hatte.

Ich hatte mich nicht getäuscht. Er empfand wie ich.

Sind es nicht immer die gleichen Verlockungen? Die gleichen Täuschungen?
Ich glaube, die jungen Frauen verführen sich selber am meisten. Aber die Hoffnung ist ja so süß. Wer hat das gesagt?

Als die Nacht kam, steckte ich die Petroleumlampe an; die Leitung für elektrisches Licht kam ja erst später. Wir wollten früh zu Bett und am Morgen mit den Vögeln aufstehen.
Wir waren voller Zärtlichkeit beim Gutnachtsagen; ich sah die Sterne durchs Fenster zittern. Aber wir wollten nicht miteinander schlafen, bevor wir nicht verheiratet waren, das hatten wir uns versprochen. Und einer sollte den anderen schützen, um dem gemeinsamen Abgleiten zu widerstehen.

Heute wird das niemand mehr verstehen. Meine Kinder haben es schon nicht mehr verstanden und nicht so gehandelt. Mir war es damals nicht anders möglich. Es war Sünde, ein Verstoß gegen die Heiligkeit des Brautstandes. Erwartung war auch Vorbereitung.

Ich weiß, daß es heute anders gesehen wird. Ich weiß sogar, daß zeitweilig die Kirche, wie im 16. Jahrhundert, eine andere Auffassung vertreten hat. Der Brautstand war bereits Vorehe.
Die Ehe ist ja das einzige Sakrament, das sich die Beteiligten selber spenden. Es sind nicht die Ringe, es ist nicht die Stola, die sich über die Hände der Brautleute legt, es sind nicht die Worte, nicht der Segen des Priesters. Es ist das biblische »Ein Fleisch werden«.

Aber da war die Versuchung, immerzu schlängelnd und züngelnd. Ich spürte das Verlangen und wollte ihm nachgeben; es wäre Sünde für mich gewesen, die ich auf mich genommen hätte.

Hermann, der mich schon recht gut kannte, spürte den Zwiespalt, spürte das Verlangen. Er war es, der sich zurücknahm, der zur Standfestigkeit mahnte, und ich war ihm dankbar, weil er das Heilige schonte, weil er die Vorbereitung, die nötig war, achtete; weil er die Kraft hatte, dem ersten und zweiten und dritten Sturm nicht nachzugeben; weil ich, in dem, wie er handelte, seine Achtung mir gegenüber spürte – die ich die Achtung vor dem Göttlichen nicht aufgeben konnte.

Das Göttliche ist immer auch der Interpretation ausgesetzt. Niemals ist es vollkommen, weil die Menschen ihren Weg dahin finden müssen. Es ist immer ein eingetrübtes Bild. Und ist man nicht selber so ein eingetrübtes Bild?
Der Brautstand sollte ohne Leidenschaft eine klare Einschätzung ermöglichen. Der Brautstand ist ja noch nicht die Ehe; und auch keine Verbindung auf Probe.
Ach ja. Trotzdem ist er voller Leidenschaft gewesen.

Wir beide, Hermann und ich, waren damals und auch noch lange danach Idealisten, die einen mühsamen Weg zum Realismus vor sich hatten. Wobei es auch schön ist, sagen zu können, daß uns der Alltag nie unsere Vorstellungen geraubt hat.
Aber auch die Vorstellungen kommen langsam auf die Erde.

»Wo willst du schlafen?« fragte ich.
Er sah mich an. Ich hatte die Petroleumlampe in der Hand.
»Auf der Erde, hier!« sagte er.
»Es gibt ein Bett für dich«, sagte ich.
»Du hast mir das Haus noch nicht gezeigt.«

Da hatte er recht; ich hatte es vergessen. So vertraut war plötzlich alles, als wir uns auf die Wiese legten, daß ich schon dachte, er kennt jede Kammer.

Auch heute ist die Hütte noch kein Schloß. Öffnet man die leicht knirschende Holztür, steht man mitten in der Hütte, dem zentralen Raum mit einem Bett und einem Herdofen, auf dem man kochen kann und der das Haus beheizt. Daneben ist eine Kammer, in der noch heute nur ein Bett steht.
Oben, im ersten Stock sozusagen, der damals noch nicht ausgebaut war, gab es eine Rauchkammer – heute ein gemütlicher kleiner Aufenthaltsraum mit vielen Erinnerungsstücken aus den Jahrzehnten des Lebens. Daneben entstand durch den Ausbau die Dichtersuube mit Blick auf eine Waldlichtung, auf die wir Bäume pflanzten, als die Kinder noch klein waren; heute ist dort ein Schlafzimmer mit zwei Betten.

Inzwischen stehen die Bäume hoch und werfen Schatten und Kühle ins knisternde und knarrende Holz, so daß auch in der Sommerhitze das Schlafen angenehm ist.

Ich zeigte ihm alles. Er nahm das Bett vorne, und ich konnte in der Kammer schlafen. Die Tür lag zwischen uns, und ich atmete heftig. Mir schien, ich hörte auch ihn atmen. Um uns herum eine wunderbare Stille.

Tagsüber schrieb er, während ich mich häuslich betätigte.
Das Königsspiel, so hieß sein Drama von Eifersucht und Tod. Mich erschreckte sein Shakespearesches Tosen, wenn er mir vorlas, was er geschrieben hatte.
Er war übermütig und ausgelassen, wenn er nicht gerade schrieb. Er neckte mich wie ein kleiner Junge. Niemals kam mir der Verdacht, er könnte unglücklich sein. Wir waren beide sehr glücklich.

Ich sehe ihn noch in seinem Übermut für den Don Juan ein weißes Gewand fordern. Das war später, als er an einer Verführungskomödie arbeitete.
»Mein Gott, der Verführer, er muß in Weiß sein!« schrie er.

Und er hatte sich vollkommen weiß gekleidet. Seine Hosen sahen aus, als hätte er sie geschickt aus Bettüchern zusammengeknotet, und auch sein Überwurf sah, flatternd hell, verdächtig einem Bettbezug ähnlich.
Er breitete die Arme aus und kokettierte mit dem Himmel, als käme er direkt von da. Er schaffte es mit Andeutungen und Teilen seines Textes, mich in den Bann zu ziehen. Das Spiel war reine Improvisation.
Er sprühte, und ich erlag seinem Spiel.
Und wenn hundert Menschen zugeschaut hätten, sie wären begeistert gewesen.
Es war erstaunlich, wie er mitreißen konnte. Er war als Schauspieler ein Talent.

Aber das durfte ich ihm nie sagen. Er war ein Dichter und sonst nichts.
Später, als man ihn, ohne lange Ausbildung, wegen seiner wunderbaren Stimme am Theater in Aussig verpflichten wollte, hat er nicht angenommen. Er war ein Dichter. Seine Begabung ruhte unter dem Dichtertuch. Er hat es niemals abstreifen wollen.
Er hatte seine Zettel auf dem Knie und schrieb.
Aber es gab auch einen Tisch zum Schreiben; auf seinen unendlich vielen Zetteln schrieb er, was er hörte, was er spürte, verband es oft blitzschnell, so daß viele seiner Verse aus Augenblicken geboren wurden.

War es das Paradies, diese wenigen Tage vor dem 12. April 1925, oder mußten wir es erst bauen?
Wir erreichten es, und erreichten es nicht, wie andere auch.

Wir fuhren von der Alm direkt nach Wien, um zu heiraten.

Mein Onkel Konrad, der Bruder meines Vaters, hatte mir ein Brautkleid versprochen, wenn ich nach Vollendung des zwanzigsten Lebensjahres heiraten würde. Ich war aber

noch nicht einundzwanzig. Und so nähte ich mein Brautkleid selber.
Ein einfaches, schlichtes weißes Seidenkleid, das sehr hübsch ausfiel.

Am Hochzeitstag erlebte ich meinen Mann begeistert, verwirrt und staunend stolz; mich mit den Augen wie ein Bild aus Elfenbein verschlingend.
Wir fuhren zur alten Universitätskirche.

Dort, in der Kongregationskapelle, wo ich viele Tage als Mädchen verbracht hatte, fand die Hochzeit statt.
Ich war sehr aufgeregt und zitterte unaufhörlich, so daß Richardis, meine Schwester, in ihrem roten Kleid wie eine Königin so schön, aus Mitleid den Brautschleier über meine Hände legte; Pater Bögle, der uns traute, mußte am Altar meine Hände suchen.

Alle gratulierten aufs herzlichste. Ich kam mir merkwürdig vor, jetzt als Gnädige Frau angesprochen zu werden.
Wir fuhren dann ins Haus meiner Kindheit am Kardinal-Nagel-Platz.
Mein Vater hatte ein Mittagsmahl ausrichten lassen.
Noch am selben Abend ging's mit dem Zug wieder nach Kärnten, auf unsere geliebte Alm.
Die Fahrt über den Semmering war traumhaft schön. Es war eine wundervolle Frühlingsnacht.

»Mondgefüllte Frühlingsnacht/ Hält die ganze Welt umfangen« ... so sein Gedicht aus der gleichen Empfindung.
Mir brannte der Mond grell in den Schoß, und ich sah ihn leuchten. Auf mich kam er, aus mir heraus kam er.
Und das Land zog in dunklen Schleifen vorbei. In jeder dichten Dunkelheit brannte ein Feuer.
Auch das Feuer kam aus uns.
Wir hatten uns bewahrt, und es loderte.

»Menschen schließen knospenscheu / Ihr Erhoffen und Erbangen!!!« Ich durchraste das Land und fand mich vor ihm wieder.
Jetzt war er mein Mann, aber er berührte mich nicht. Und ich sah in das Land zurück und spürte das Zittern der Seele wie einen heiligen Rausch.
»Wie eine Ampel still und groß / Hängt der Mond am Firmament, / Wandelt wie ein guter Freund / Immer mit, als ob er selbst / Bis ins morgenblaue Land / Unser Glück behüten könnt. / Föhrenwälder sinken schwarz / in geheimnisvolle Grüfte ... mit unendlicher Gewalt / Wird das Herz vom Sein durchdrungen ...«

Er schrieb es, während ich wechselweise ihn und die Nacht und den Mond und die vorbeirasenden Dunkelheiten abtastete.
Umrisse der Tannenwälder hoben sich, als atmeten sie schwer mit mir gegen den Mond, der immer wieder seinen Strahl durch das Zugfenster auf mich richtete.

Am Morgen kamen wir in Twimberg an. Es begann der Aufstieg; unnötig zu sagen, wie herrlich er war, wie wunderbar das Wetter. Die Wärme der Gebirgssonne über dem Waldensteiner Bach. Bis zur Burg Waldenstein, ein Weg, der heute fast zugewachsen ist. Nicht, weil die Burg Waldenstein ihr Geheimnis vergraben will, sondern weil die meisten mit ihren Autos heute die breite Straße wählen.
»Und was ist das für ein Geheimnis?« fragte mein Mann spitz und küßte mich.
Mein Gott, was für Küsse, und wie die gehen können.
»Ein Ritter ist dort festgehalten worden, in einen Hungerturm gesperrt.«
»Warum wurde er eingesperrt?« Und er küßte mich wieder und wieder.
»Er hat sich die Hände abgebissen und mit den Stümpfen geschrieben.«

Mein Mann merkte auf. Da mußte etwas geschehen sein, da konnte er mit seinen Küssen nicht mehr dazwischenkommen, also stand er musternd vor mir, betrachtete den Wald und mich.
»Burg Waldenstein«, sagte er versonnen.
»›O Richter, richte recht, / denn du bist Herr, und ich bin Knecht. / Und wie du jetzt wirst richten, mich, / so wird der Herr einst richten dich!‹«
»Wer hat das gesagt?«
»Das hat er geschrieben, mit seinen blutigen Stümpfen an die Wand.«
»Und wer hat es gelesen?«
»Ich. Und andere auch. Es steht immer noch da.«

»Und warum hat er sich gebissen?« fragte Hermann lachend, als wollte er mit seinem Lachen die ganze Ernsthaftigkeit aus unserer Rede nehmen.
Es war ja nicht wirklich. Ich hatte nur zu erzählen begonnen.

Er sah die Schrift auf der Wand später erst, als wir mit den Kindern einen Ausflug machten. »Eine Schrift aus dem 18. Jahrhundert«, sagte er, als wolle er damit alles abtun.
»Aber sie ist immer wieder erschienen, sooft man sie auch übermalt hat. Der Schloßherr hat aus Eifersucht den armen Kerl begraben wollen und dem Hungertod preisgeben.«
Er sagte: »Es gibt viele Märchen, und die meisten haben einen realen Grund.«

Als wir auf Preitenegg zugingen, damals, hatte ich im Glück die Eifersucht meines Mannes vergessen. Und von der Geschichte mit der Schrift an der Wand kannte ich damals die Wurzel, die Eifersucht des Burgherren auf seine Gemahlin, noch nicht.

Für unsere Kinder war das Grausen der blutigen Schrift nur zum Gruseln da.

Ich erzählte meinem Mann, als wir aufstiegen, ja eigentlich nur eine Kindergeschichte; und auch das, was er dichtete, liest es sich nicht wie eine Kindergeschichte, eine schöne? »Lieber Wind, ich bitte dich, / Hör doch auf zu winden. / Denn mein Glück ist noch so jung / Und mein Häuschen noch so klein, / Klebt es droben an dem Berg. / Lieber Wind, nur gütig sein, / Laß uns doch den Sonnenschein, / Schiebe nicht die Wolken vor, / Daß es bös und dunkel nachtet / Und die Welt so traurig wird, / denn das Häuschen ist gepachtet. / Doch das Glück, es ist von heut, / Morgen kanns zerstoben sein. / Aber zwei verliebte Leute / Gehen heute lüftchenrein. / Laß uns unseren Sonnenschein.«

Die Brautnacht begann erst gegen Morgen des übernächsten Tages, als der erste Schlaf nach der Hochzeit und der Feier, nach der durchwachten Nacht im Zug, der Anstrengung des Aufstiegs vorbei war.
Von Sturm und Werbung, von Sternen, vom Liegen auf der Wiese und vom Feuer war schon die Rede, vom Brausen auch. Lassen wir es also, wie es war. Und nehmen wir still das Staunen.
Es muß eine ungeheure Bereitschaft gewesen sein, denn es ist wohl so gewesen, daß ich gleich beim ersten Mal, in der Hochzeitsnacht, schwanger wurde.
Und Maria, unser Hochzeitsnachtkind, ist immer sehr stolz darauf gewesen.

Schattenwolken

Das Glück ging auf der Alm spazieren. Wir waren tief von Zärtlichkeit erfüllt. Jetzt wurden wir belohnt, daß wir so brav gewesen waren und gewartet hatten.
Mein Mann schrieb eifrig an seinem Theaterstück, und ich versuchte, unser Heim so gemütlich wie möglich zu machen. Ich schmückte es mit Blumen und häkelte kleine Deckchen als Zierde für die Wand.

Mein Vater hatte zwar inzwischen die Hütte gekauft, die vordem nur gepachtet war, aber wir besaßen nur eng um die Hütte herum ein, zwei Meter Land. So mußte ich der Bäuerin Gemüse, Kartoffeln und Salat abkaufen.
Da ich es leid war, immer nur die kleinen Kartoffeln zu bekommen, kauften wir ein kleines Stück Feld und machten daraus einen Garten, der uns vom Frühjahr bis zum Herbst versorgen sollte.

Schon als Kinder waren wir eifrige Beeren- und Pilzsammler gewesen. In diesem Jahr wollte ich die kindliche Beschäftigung zu einem kleinen Geschäft ausbauen, zum Beispiel die Herrenpilze, das sind Steinpilze, trocknen, um sie auch außerhalb der Saison noch verkaufen zu können.
Ich dachte daran, ein Kälbchen selber aufzuziehen, um dann später Milch und Butter zu haben. Das Brot konnte ich im alten Ofen backen. Was wir sonst noch brauchten, würde der Krämer anschreiben bis zum Herbst, wenn der Ertrag des Beeren- und Pilzesammelns eingegangen war.

Wenn die Zeit es erlaubte, las ich Textbücher. Ich tat es heimlich, um meinen Mann nicht zu verunsichern.
Der feierte mit mir ein Fest, wenn fünf Franken eingegangen waren und ein Gedicht von ihm veröffentlicht worden war.
Wie gesagt, das Glück ging auf der Alm spazieren, und wir konnten es anfassen.

Da kam das Telegramm. Ich war nicht erschrocken, als der Postbote es heraufbrachte und nach dem Erfrischungsschluck wieder verschwand. Es würde vielleicht ein Jagdgast sein, vielleicht sogar einer, der uns ein kleines Zubrot verschaffte. Und als ich dachte, der Vater kommt vielleicht, wollte ich mich nicht länger auf die Folter spannen.
Ich riß das Kuvert auf, las und erstarrte:
»Richardis badend verunglückt. Kommt lieber nicht, sondern trauert still mit Eurem unglücklichen Vater. Begräbnis am ...«
Immer wieder las ich es, als könnte ich den Schrecken mit den Augen aufwischen und vernichten. Es blieb, es blieb und war so schrecklich, daß ich laut weinte und mein Mann mich hörte. Er lief zu mir und fragte, was denn geschehen sei.
Ich reichte ihm das Telegramm, er las es, legte seinen Arm um mich und preßte mich fest an die Brust.

Kleinigkeiten fallen einem ein; als sei das Ganze zu groß, will man es zerstückeln.
Sie hatte uns noch zur Bahn gebracht und lustig gewinkt.
Warum ist sie nicht mit uns gefahren, wie wir wollten und wie auch sie wollte?
Nur die Tanten wollten nicht. Die Tanten hatten gemeint, es schicke sich nicht für ein junges Mädchen, mit einem verheirateten Paar so eng zusammenzusein.
Wäre sie mit uns gefahren, wäre sie jetzt nicht tot.

Auch das Glück hat seine Steigerung ... und seinen jähen Fall.

Jetzt fuhren wir zurück, um sie zu begraben.
Ich stand auf Schloß Mageregg, spürte noch die Tränen der Tante und den traurigen Blick vom Onkel auf der Wange, stand am Beet mit den Stiefmütterchen, da wo Richardis, meine lebenslustige Schwester, noch vor Tagen gestanden war.
Ich starrte auf die Erde, aus der sie für das Grab unserer Schwester ein paar Stiefmütterchen gegraben hatte – vorher der Tante abgebettelt.

Sie war genauso alt geworden wie Muckerl, meine ältere Schwester. Fünfzehn Jahre und einen Monat.
Hardissel lag aufgebahrt in einem abgedunkelten Raum. Und sie sah genauso aus wie Muckerl damals. Ihre Haare lagen dunkel um das weiße Gesicht, das, wie das Gesicht ihrer Schwester vor einigen Jahren, im Tod zu leuchten schien. Die Kerzen flackerten und schienen ihre geschlossenen Augen beleben zu wollen.

Tot! Für immer nicht mehr unter uns.
Wann würde ich sterben, wenn der Tod unsere Familie schon zum zweiten Mal heimsuchte?
Auf dem Friedhof weinte ich wie damals.
Diesmal war alles feierlich.
Damals waren es so viele Tote gewesen, daß die Totengräber nicht ausreichten. Militär mußte eingesetzt werden, um die Gräber auszuheben, die wie Laufgräben aussahen.
Es war die Spanische Grippe gewesen, die so arg gewütet hatte. War das eine Erklärung? War es ein Trost zu wissen, daß damals viele starben?

Uns waren damals Leichenzüge begegnet, die gleich drei Särge mit sich führten. Und es waren vor allem die Jun-

gen gewesen, die die Grippe hinwegraffte. War es ein Trost, daß überall gestorben wurde?
Richardis war allein gestorben. Warum?
Warum durfte sie nicht weiterleben?
Was war geschehen?

Nach der Beerdigung ging ich allein an die Teier. Ich stand vor dem Bassin, das man ausgehoben und unten zementiert hatte.
Da war es geschehen.
Vorher war sie noch mit dem Onkel in einem Boot gefahren. Der erzählte dann später immer wieder, wie ausgelassen und fröhlich sie gewesen war und wie sie kaum noch an sich halten konnte, so sehr wollte sie ins Wasser springen. Einfach aus Lebensübermut!

Der Onkel warnte, es sei erst April und bis Juli noch keine Zeit zum Baden. Sie erzählte ihm, daß sie in Holland schon ganz weit ins Meer hinausgeschwommen sei. Und wenn es ein bißchen kalt sei, mache das nichts, weil sie ganz schnell schwimmen könne. Gegen die Kälte sei sie abgehärtet.
Der Onkel gab schließlich nach und ließ ihr den Willen, wollte ihren stürmischen Lebensfrohsinn nicht bremsen.

Als der Onkel ins Schloß hinaufkam, meinte die Tante: »Ja, weiß sie denn, daß wir um halb eins essen?«
Da wurde das Mädchen geschickt, um sie zu holen.
Das Mädchen lief hinunter und sah sie im Wasser hocken.
Sie sah das Mädchen groß und erstaunt an, rührte sich aber nicht, so daß das Mädchen erschrak und zurückrannte.
Und oben hat sie mit den Fäusten ihr Gesicht geschlagen, sie war verzweifelt, und immer nur gesagt: »Sie rührt sich nicht. Das Fräulein gibt keine Antwort und hat ganz große Augen. Das Fräulein hockt im Bad und rührt sich nicht.«

Mein Onkel packte den alten Förster, der sich in Lebensrettung auskannte, und rannte mit ihm zum Bad.

Richardis hatte den Kopf auf dem Wasser liegen.
Sie war leblos.
Mein Onkel, der nicht schwimmen konnte, rief einen Müllerburschen, der am Ufer ging. Der sprang ins Wasser, um Richardis herauszuheben.
Der alte, fünfundsiebzigjährige Förster machte künstliche Beatmung und versuchte, sie wieder zum Leben zu erwekken.
Aber die greise Luft des alten Mannes half nichts mehr.
Sie war tot.

Die Kammerspiele in München suchten mich. Ich hatte in meiner verzweifelten Traurigkeit nichts hinterlassen.
Hatte Hardissel beim lieben Gott gutgesagt für mich?
Vielleicht wurde ja doch noch alles gut, und ich konnte spielen.
Ich telefonierte und erfuhr, daß ich vorgesehen war für die erste Produktion in der neuen Spielzeit. Man bat mich inständig, nicht nein zu sagen.
Freude und beklommene Trauer. Alles mischte sich und stürzte übereinander. Ich wußte nicht, wie ich es meinem Mann sagen sollte.
Aber dann gab es nichts zu sagen. Ich war schwanger, mußte absagen. An Theaterspielen war in diesem Jahr und auch im nächsten nicht zu denken.

Mein Mann fand, daß alles seine Ordnung haben müsse, ich könne doch die Leute nicht hinhalten. Und die klarste Entscheidung sei, den Vertrag zu lösen.
Nun war es damals so, daß ein Ehemann das Recht hatte, einen Vertrag, der ohne seine Einwilligung geschlossen worden war, zu lösen. Und von diesem Recht wollte er Gebrauch machen. Das erlaube mir, ohne Schwierigkeiten aus dem Vertrag herauszukommen.
Also gingen wir ins Theater und lösten meinen Vertrag.
Er hielt meine Hand und tröstete mich.

Wir fuhren auf die Alm zurück. Es war Sommer, und ich versuchte, unser Glück neu zu erschaffen. Noch vor kurzem war es das große Geschenk an uns gewesen, aber nun lag der Tod wie ein Schatten über allem.
Arbeit war genug.
Wir mußten Geld verdienen.
Viele ausgeschickte Gedichte kamen wieder zurück.
Also sammelten wir Beeren. Mein Mann half mir beim Pflücken, trug vor allem die schweren Körbe.

Der Herbst kam. Für Preiselbeeren und Herrenpilze gab es am meisten.
Eines Tages war ich allein unterwegs. Ich hörte ein Geräusch im Wald und blieb sofort stehen, wie ich es von meinem Vater gelernt hatte. Sogar den Atem hielt ich an, als das Reh mit seinen beiden Jungen die kleine Lichtung betrat. Sie waren wohl ein wenig leichtsinnig, weil es vor ihnen herrliche Steinpilze gab, eben die Herrenpilze, die ich sammeln wollte. Ich ließ sie äsen, vertrieb sie nicht.

Wie das Echo einer auch die Tierwelt umspannenden Mütterlichkeit begann sich mein Kind zu regen.
Jetzt war ich sicher, es hatte sich bewegt. Es war keine Übertreibung mehr, kein Wunsch mehr und keine Vorstellung, es hatte sich wirklich bewegt. Ich konnte es spüren. Und für das Blitzen eines übermütigen Augenblicks dachte ich, ich könnte die ganze Welt mit Händen halten vor Glück.

Das Glück war wieder zurückgekehrt, der Tod und die Dunkelheit meines Gemütes waren vertrieben. Ich ging eine Stunde im Wald spazieren, ließ den Korb für die Pilze stehen. Als ich ihn wieder aufnehmen wollte, um zur Hütte zurückzugehen, war er leer.
Aber mein Mann freute sich mit mir. Obwohl er sonst nur Wasser trank, entkorkte er eine der Weinflaschen, die

noch von der Hochzeit übrig waren, und wir stießen an. Auf unser Glück!
Den Rest der Flasche tranken Besucher aus; auch der Bauer und seine Frau, unsere Pächter, die uns noch einmal schwer enttäuschen sollten.
Wir sagten unseren Besuchern nicht, weswegen wir die Flasche Wein aufgemacht hatten. Das war unser Geheimnis.
Wir wollten die Wolken gemeinsam wegschieben, wenn sie wieder kämen. Wir wollten es halten, unser Glück, und dafür kämpfen.

Geschichten im Winter

Das Wunder des Lebens regte sich. Der Tod zwickte nicht mehr so oft.

Versonnen sah ich auf das kleine Gitterbett aus braunem Holz. Das kleine Bett, in dem ich als Kind schon gelegen hatte. Ich wusch es ab.

Ich nähte Bettzeug; nahm das, was noch von uns Kindern da war, wusch es.

Es sollte bereit sein. Mitte Januar.

Auch wenn wir in Wien sein würden, wie immer im Winter, in der großen elterlichen Wohnung, mit dem Vater zusammen, der sich auf uns freute und dem wir die Einsamkeit würden vertreiben helfen.

Als es Herbst wurde und es anfing in den Nächten empfindlich kalt zu sein, fuhren wir nach Wien; aber bald darauf schon nach Basel.

Meine Schwiegermutter hatte uns eingeladen.

Sie hätte sich sehr gefreut, wenn ich das Kind bei ihr bekommen hätte, aber ich mochte nicht, mich trieb es heim.

Meine Schwiegermutter war mir fremd.

Ich war jung und ungestüm. Und mir schien, sie habe an allem etwas auszusetzen.

Sie hielt mich wohl für eine Art Goldmädel, dem alles zufloß und dem auch der eigene Sohn hemmungslos zugeflossen war.

Als mir ein Verehrer meines Mannes ein Paket Kinderwäsche schickte, war ich froh; meine Schwiegermutter keineswegs.
Sie sagte nur: »Mir hat nie jemand etwas geschenkt.«
Das hat mir damals sehr weh getan, weil ich es einfach nicht verstand. Ich fragte mich: Warum kann sie sich nicht freuen?

Wir fuhren zurück nach Wien.
Meinem Mann war Wien damals noch fremd.
Bis auf den kurzen Besuch mit Professor Kutscher war ihm Wien zwar als künstlerisch-kulturelles Zentrum bekannt, aber nicht vertraut.
Wie alles Neue beflügelte ihn die Stadt.
Aber sie hemmte ihn auch ein wenig. Er arbeitete viel und war sehr fleißig.
Wir gingen zwar abends manchmal aus, besuchten kleine Feste, zu denen wir eingeladen wurden. Jedoch die meiste Zeit hielt es uns zu Hause.

Jedes junge Paar wird das wohl kennen, dieses Heimeligwerden, das Aneinanderkuscheln und Sich-näher-Kennenlernen.
Aber manchmal war es auch verwirrend.
Wenn Hermann sich an das Klavier meiner Mutter setzte – ein Geschenk der Stadt –, war es meist schon spät, kurz vor oder gleich nach dem Abendessen. Die Stunde der Muse, wie er es nannte; wobei er mich vielsagend ansah, mit heftigem Kopfnicken, wenn ich zu ihm aufschaute, oder zu ihm hinunter, je nachdem, ob ich noch in der Küche beschäftigt war oder nicht.
Man hätte es auch Schalks Stunde nennen können. Es ritt ihn der Schalk. Ich hatte am Anfang etwas Mühe, mich daran zu gewöhnen.
»Das ist also der Flügel, auf dem Franz Liszt gespielt hat, um dich zu betören.«

Er wußte ganz genau, daß zu der Zeit, als Franz Liszt im Hause meines Großvaters, des Hofkapellmeisters, gespielt hatte, ich noch lange nicht auf der Welt war, daß meine Mutter zu der Zeit noch ein kleines Mädchen gewesen war und der Flügel, weil zu alt und zu groß, durch das Klavier ersetzt worden war.

Ich gab irgendeine Antwort, ausweichend, oder erzählte die Wahrheit herunter. Er wußte, daß ich stolz war auf meine Familiengeschichte, das aber nie zugeben würde. Er wollte vielleicht, daß ich es zugab, daß ich mich zu meinem Stolz bekannte. Ich wußte nicht so genau, was er wollte; da er sich aber immer wiederholte und seinen Spaß daran zu haben schien, sagte ich brav – ob das so brav war, ist mir inzwischen zweifelhaft: »Ja, vor dem hat Liszt gelegen, als er mich gesehen hat.«
»Weil ihn der Schlag getroffen hat«, meinte mein Mann.
Ich sagte irgendwas, was ihn bestätigte, aber das gefiel ihm nicht, also reizte er aufs neue: »Und wie war es mit Bruckner? Hat der dir auch gefallen?«
»Bruckner hat mir am besten gefallen, wenn er Orgel spielte.«
»Das Dumme war nur, er hatte keine Orgel, auf der er spielen konnte.«
Ich habe Bruckner und Brahms nie kennengelernt, und das wußte er genau. Daß sie im Haus meines Großvaters verkehrt hatten, war mir selten genug – und nur auf sein Wissenwollen hin, wie ich meinte – über die Lippen gekommen.
Die Pointe, die in seiner Antwort lag, kann man nur verstehen, wenn man weiß, daß Bruckner seinerzeit einen Lehrauftrag am Konservatorium hatte. Sein Fach war die Orgel. Er hatte aber für seine Darbietungen nur ein Harmonium zur Verfügung.

Ich hatte meinem Mann die Geschichte von Bruckner und

den Krapfen erzählt. Aber nicht, weil ich alte Familiengeschichten besonders gerne erzähle, sondern weil ich sie komisch fand. Rührend, aber auch komisch.
Bruckner verkehrte im Haus meines Großvaters. Eher schüchtern war er den jungen Damen zugeneigt; am meisten mochte er meine Mutter. Die Verehrung drückte sich darin aus, daß er in einem großen, entweder rotgepunkteten oder geblümten Taschentuch einen Krapfen als Geschenk transportierte.
Und dann hat er gefragt: »Flora oder Elsa? Magst a Krapferl?«
Wobei er schon immer gehofft hat, daß meine Mutter sich um die Liebesgabe reißen würde.
Aber der hat es vor den vielen Fettflecken in dem Taschentuch gegraust.

Etwas deutlicher hat er dann nach einem Hauskonzert seine Zuneigung eingestanden, als der Großvater ihn fragte: »Na, Bruckner, gefallt dir keine?«
Darauf hat der Bruckner gesagt: »Ich wüßt schon, wen ich möcht.«
Und dabei hat er meine Mutter lange angesehen.

Auch die folgende Geschichte habe ich meinem Mann erzählt – man will ja schließlich was zu berichten haben.
Mein Großvater ist Hochrad gefahren und dabei verunglückt. Da ist der Bruckner zu meiner Großmutter geeilt und hat ihr gesagt: »Mein ganzes Portemonnaie steht Ihnen zur Verfügung.« Was die Großmutter voll Rührung ihrem Mann berichtete.
Der sagte aber nur geschmerzt: »Kunststück, wenn nie was drin ist.«
Darauf meinte mein Mann: »Siehst du, man muß nur durchhalten.«
Ich darauf: »Dann wär ich aber nicht auf der Welt, oder

nicht so wie jetzt, wenn der Bruckner meine Mutter geheiratet hätte.«

Mein Mann konnte schon ein arger Schelm sein, wenn er die Geschichten, die ich ihm aus meiner Kindheit erzählte, oder die Geschichten von Verwandten verbog und daraus seine Späße machte. Aber ich gewöhnte mich daran und lernte, meine Antworten seinen Fragen spaßig anzugleichen.
»Was ist beispielsweise ein Krieg?« fragte er eines Tages aus heiterem Himmel.
Betroffen wollte ich antworten, aber er lachte und sagte: »Es gibt Tapfere und weniger Tapfere. Die Tapfersten aber werden ausgezeichnet. Sie bekommen neunundvierzig Pferde und dürfen eine Fahrpost betreiben.«
Ich hatte ihm die Geschichte von meinem Urgroßvater nicht erzählt. »Woher hast du das? Woher weißt du das?«
»Ich interessier mich eben für dich.«
Er hatte also die Geschichte ausspioniert.

Und dann mußte ich ihm von meinem anderen Urgroßvater erzählen, dem letzten Stadthauptmann von Wien, der vorher Gesandter in Paris gewesen war und dort den Namen Nordberg angenommen hatte, weil Noé französisch war, zurückzuführen auf den Marquis de Noé zur Zeit Napoleons, der dann in die Schweiz auswanderte und dessen Nachkommen in Österreich landeten.
Der Urgroßvater, Noé von Nordberg, wurde vom Kaiser geadelt und erhielt das Nordberg als Prädikat. Von dem haben wir noch eine ganze Menge Papiere gehabt, auch ein Briefwechsel mit Heinrich Heine war dabei – ich weiß nicht, wo das alles hingekommen ist.

Dieser Urgroßvater hat also in Wien ein Haus in der Wollzeile besessen und war überhaupt sehr wohlhabend, was ihn aber nicht abgehalten hat, eine Mainzer Schnei-

derstochter zu heiraten; die soll so arm gewesen sein, daß er ihr die ganze Ausstattung hat kaufen müssen, bis zum Nachthemd.
Die Frau wurde aber eine adelsstolze Dame, die als Witwe ihrem Dackel Galoschen anziehen ließ.

Wenn bei diesen Erzählungen mein Vater die Nase zu uns hereinsteckte, kam er uns nicht mehr aus. Er mußte sich als Fünfjährigen beschreiben, dessen größte Freude es war, seinen Großvater auf der Burg zu besuchen. Mein Vater spielte den Stadthauptmann, also seinen Großvater, wie er lässig an der Wache vorbeiging und den Trommelwirbel mit einer Handbewegung unterband. Dann spielte er sich als kleinen Jungen, wie er an der Hand des Großvaters die Burg besuchte, damit die Wache stramm stand und ein Trommelwirbel ertönte.

Manchmal taten die beiden so, als hätten sie was vergessen. Das hat mir als Kind besonders imponiert. Also wieder Trommelwirbel und Strammstehen.
Aber einmal entfuhr mir: »Mein Gott, die arme Wache!«
Mein Vater darauf: »Die waren froh, daß sie was zu tun hatten, denen war eh langweilig.«

Wie weit oder wie nah Onkel Spielmann mit uns verwandt war, weiß ich heute nicht mehr. Sein Sohn hat eine Wiener Opernsängerin geheiratet, eine Koloratursängerin, in die er sehr verliebt war.
Dem Onkel Spielmann, einem reichen Baron, war dieses Verhältnis gar nicht recht. Und so hat er seinen Sohn auf eine Weltreise geschickt, damit er auf andere Gedanken komme.

Der Sohn war aber gar nicht selbst gefahren. Er hatte einem Freund das Geld gegeben und über hundert Briefkarten mit seiner Handschrift.
Eines Tages sah der Vater den Sohn in Wien, am Arm die

Sängerin. Da hat ihn natürlich beinahe der Schlag getroffen. Aber dann hat er doch eingewilligt, daß der Sohn die Sängerin heiratet und hat sie aufs Schloß geholt. Und immer noch kamen, monatelang, die Briefkarten aus aller Welt auf Mageregg an: »Mir geht es gut. Peking ist eine sehr schöne Stadt...«

Mein Mann kam immer wieder auf die Komponisten zurück, die im Haus meines Großvaters verkehrt hatten; aber als er dann alle, bis hin zu Richard Wagner, beinahe schon verunglimpfte und mir auch noch eine Beteiligung daran unterschob, spielte ich nicht mehr mit.

Dann trat er zu mir, knuffte mich, was liebevoll gemeint war, aber durchaus kleine Schmerzen verursachen konnte. Oder er küßte mich und bugsierte mich auf die Fensterbank vor eines der vergitterten Fenster, die auf den Kardinal-Nagel-Platz hinausgingen, und ich sollte da sitzen, wie ich als Kind gesessen hatte.

Ja, ich sollte so tun, als wäre ich wieder ein Kind. Und hinausschauen sollte ich und ihm erzählen, was ich empfand.

Wenn ich gutgelaunt war und er mich in Stimmung gebracht hatte, erzählte ich ihm von den Spaziergängen mit den Kindermädchen, die ich gehabt hatte. Die Kindermädchen – und wir haben einige verschlissen – strebten immer in eine vornehme Gegend, um uns dort gefahrlos, wie sie sagten, auslaufen und spielen zu lassen.

Ob da noch eine Nebenabsicht bestand, so eine Art Brautschau, ein Heiratsmarkt für Dienstmädchen, ist möglich, ich kann es aber nicht behaupten.

Wir Kinder verloren in der gesitteten Atmosphäre von langläufigen Parklandschaften oder um die Villen der Reichen herum bald jede Lust am Spiel und sehnten uns zu den Spielen vor unserer Haustür. Dabei durften wir nicht ohne weiteres zu den Proletarierkindern hinunter, um mit ihnen zu spielen. Jedesmal bedurfte es eines Tricks und zahlreicher Ablenkungsmanöver, und das strategische Oberkommando fiel dabei nicht selten mir zu.

Am stärksten sind mir aus dieser Zeit die traurigen Abzählverse in Erinnerung geblieben, die mir damals vertraut und normal erschienen; erst im nachhinein habe ich bemerkt, daß in ihnen fast immer vom Tod geredet wurde.
Auch unsere Lieder waren grausam. Da erschlug beispielsweise ein Bruder seine Schwester, die auf einem Stein saß.

Diese Lieder begleiteten Spiele, deren Muster mit Kreide aufgezeichnet wurden und deren abenteuerliche Verstrikkung dann in kleinen Berührungen bestand, gegen die man sich als Mädchen heftig wehrte.
Arme wurden hochgehoben und bildeten ein Tor.
Und durch das Tor zog man selber als Prinzessin in ein Märchen. Und blieb noch lange in dem verwunschenen Glück, wenn die Erwachsenen uns Kinder wieder einmal erwischt hatten und entweder in den Park entführten oder in die Wohnung trieben.

Seltsame Stimmung. Auf der alten Fensterbank zu sitzen und den Gerüchen und Stimmungen der Kindheit nachzuhängen.
Ich war schwanger und eigentlich dem eigenen Kindsein stolz entrückt; aber dann auch wieder unvermutet nah, weil ich erzählen sollte und es ja auch nicht ungern tat.
Hermann spürte diesen Zustand wohl, ließ mich erzählen, und heute glaube ich zu wissen, daß er versuchte, dem Vater, der er ja bald sein würde, näherzurücken. Er ließ mich wohl erzählen, um gerüstet zu sein, um sich einzustimmen.
Er war ja so jung damals.

Wir waren beide so schrecklich jung. Nur wächst eine Frau leichter in die Rolle der Mutter. Ein Mann muß sich das Vatersein in jedem Fall erwerben.

Und wenn er übertrieb, waren seine Scherze darauf gerichtet, die doppelte Einheit von Mutter und Kind, die sicher für jeden Mann, besonders vor der Geburt, ihre Bedeutung hat, auszutrumpfen.
Es war ja nicht böse gemeint. Es war ein Spiel.

Nur wenn ich den Eindruck hatte, er wollte mich hänseln und mir indirekt meine adlige Herkunft vorwerfen und vielleicht den Stolz darauf, den ich sicher hatte, dann drehte ich den Spieß um und zog ihn auf mit seiner weiträumigen Shell-Öl-Verwandtschaft. Die sei ja so verzwickt, daß man einen einigermaßen geradlinigen Hergang nicht mehr zustande brachte.

Er lachte und sagte, weil er wußte, wo er mich packen konnte: »Aber ein Theologieprofessor in der Verwandtschaft ist auch nicht zu verachten – ein berühmter, der dem Papst vorschreibt, was er zu denken hat. Und mit dem bin ich nachweislich verwandt.«

Bei all dem, was so an Scherzen und Geschichten hin- und herlief, war etwas, was nie mehr angesprochen wurde, nachdem er es mir einmal gestanden hatte.
Er war fest davon überzeugt, nicht alt zu werden.
Er würde jung sterben, wie sein Vater jung gestorben war.
Nicht älter als dreiunddreißig würde er werden.
Mir war nicht klar, ob darin seine Übertreibungslust gipfelte, ob darin sein Geniekult sich ausdrückte oder ob er sich in seiner damals vorhandenen Todesahnung mit Hilfe der magischen Zahl 33 trösten wollte.
Jedenfalls arbeitete er oft bis zum Umfallen, strengte sich an und strengte sich dann immer mehr an, gegen die nicht einsetzende äußere Anerkennung anzuschreiben.

Am 15. Januar kam dann der große Tag.
Der Arzt hatte gesagt, wenn die Wehen beginnen, könnte ich ruhig noch bis zur Tram warten.
Ich habe das wörtlich genommen.
Die Wehen begannen am Abend, wir spielten Eile mit Weile, mein Mann und ich, um die Zeit zu vertreiben.
Gegen Morgen dann zog ich mich an und verließ das Haus, um die Tram zu nehmen.
Mein Mann schlief, ich wollte ihn nicht wecken.

Vor dem Haus begegnete ich einem Onkel, der gutgelaunt fragte: »Ist noch nichts los?«
»Ja, doch«, sagte ich, »ich fahre jetzt ins Spital.«
»Aber, da nimmt man doch ein Taxi.«
Darauf ich: »Warum? Kann ich doch genausogut die Tram nehmen, wenn der Arzt es schon sagt.«

Wir hatten damals ein Zimmer im Krankenhaus Fürth belegt.
Die Hebamme, eine junge, unternehmungslustige, ein wenig oberflächliche Person, sah mich an und meinte, ich hätte noch lange Zeit. »Bei den ersten Kindern kommen die Frauen immer viel zu früh«, sagte sie.

Da ich nicht schmerzempfindlich war, merkte ich nicht, daß das, was jetzt einsetzte, bereits die Preßwehen waren.
Ich fragte die Hebamme, wollte aber auch meinen Zustand nicht allzu dramatisch schildern, worauf sie meinte: »Wenn es losgeht, das merken Sie dann schon.« Sie lachte.
Ich muß dann aber doch irgendwie die Augen verdreht haben oder durch besondere Stille und bleiches Verkrampftsein aufgefallen sein; jedenfalls untersuchte sie mich endlich und war ganz erschrocken. »Um Gottes willen, das Kind ist ja schon fast da. Sofort ins Kreißzimmer!«

Der Arzt wurde verständigt, der der Hebamme natürlich

Vorwürfe machte: »Jetzt ist die Frau schon so lange hier, und ich komme beinahe zu spät zur Geburt.«
Dann kam leider eine Betäubung, die der Arzt später so erklärte: »Bei einer jungen Frau ist es besser, sonst bleibt eine Erinnerung an die Geburt, und sie hat vielleicht Angst vor der nächsten.«
Dabei steht bereits in der Bibel, daß eine Mutter all ihre Schmerzen vergessen hat, wenn sie das Kind im Arm hält.
So kam Margriterl auf die Welt. Sie wurde getauft auf Maria Margarete Anna.

Wann beginnt das Leben wirklich?

Wenn man so in den Erinnerungen kramt, wie ich es jetzt tue, und vieles noch einmal zurückholt, spürt man den Abstand.
Ich spüre auch den Abstand von mir selber.
Bin ich jetzt schlauer?
Ich weiß es nicht.

Das Leben beginnt immer wieder neu. Auch im Alter gab es noch Veränderungen, auf die ich mich einstellen mußte. Aber in letzter Zeit bin ich oft müde, sterbensmüde, und ich schließe die Augen; öffne sie aber gleich wieder, nur um festzustellen, ob das Alte wirklich das Alte geblieben ist, ob nicht ein neues Blitzen hinter den alten Töpfen hervorlugt.
Was will es sagen?
Was will es fragen?
Gibt es noch Reste, ist noch etwas nicht erledigt, ist man nur noch da, um es zu erledigen, um noch etwas zu spüren, was man noch nicht gespürt hat?

Eine Freundin von mir, die inzwischen lange tot ist, sagte einmal: »Wenn sie erst da sind, die Kinder, sind sie auch schon erwachsen und aus dem Haus und verschwunden.«
So ist es bei mir nicht gewesen, im Gefühl nicht und in der Wirklichkeit auch nicht.
Als mein erstes Kind zur Welt kam, war ich ja fast selber noch ein Kind. Und als mein erstes Enkelkind zur Welt

kam, lag dazwischen eine Spanne Leben, eine kleine, wie mir schien; denn es sollte ja längst noch nichts zu Ende sein.
Ich war da und befand mich mitten in dem Leben, das ich auch bisher gelebt hatte.
Was hatte sich verändert? Hat sich überhaupt jemals wirklich etwas verändert? Veränderungen sind unheimliche Blinklichter; man merkt sie erst später wirklich, spürt ihre Bedeutung hinterher.

Ich habe die Kinder nicht betrachtet als Entschuldigung, mich vom Leben zurückzuziehen. Im Gegenteil, ich wuchs immer mehr hinein, mit ihnen und durch sie hindurch.
Das Mütterliche habe ich nie übertrieben, wie eine Henne, die ja auch nicht mehr auf dem Ei sitzt, wenn das Junge geschlüpft ist. Das Junge will leben. Sein eigenes Leben.
Ich war immer zu sehr Kind der Natur auf der Alm und auch Kind meines Vaters, der als Jäger auch ein Heger war. Man muß sich nicht über das Gehege stülpen, man muß es wachsen lassen.
Und das Wachsen liebevoll im Auge behalten.

Wenn dann eins da ist, das einen besonders braucht, muß man besonders da sein, auch wenn man die anderen dabei etwas vernachlässigt.

Und wenn man sich selber besonders braucht – das sind Phasen, die jeder erlebt –, muß man die anderen ein wenig mehr sich selbst überlassen.
Das heißt nicht, daß man nicht da ist, daß man nicht jederzeit dastehen muß, wenn sie rufen.
Als Mutter muß man springen, manchmal aberwitzig, in sich hinein, aus sich heraus. Und dann auch noch von einem ins andere.

Und manchmal muß man das, wie einen die Kinder einzeln rufen, so sehr wissen, so sehr spüren, daß man in der Tür steht, noch bevor die große Verzweiflung eingesetzt hat.

Aber es gibt auch Verzweiflungen der Kinder, bei denen die Mutter nicht mehr helfen kann, weil die Verzweiflung nötig ist, um falsche Hoffnungen loszuwerden, in die man sich verrannt hat.
Diese Erkenntnis war mir die schwerste.

Manchmal scheint mir die Frage »Wann hat dein Leben eigentlich wirklich begonnen?« sehr eitel zu sein. Und ich habe sie mir auch nicht sehr oft gestellt.
Aber manchmal gibt es Niederlagen und Enttäuschungen, oder es gibt ein langes, tiefes, gleichmäßiges schwarzes Loch. Und die Lebenskräfte reißen an einem und rufen: Komm wieder hoch! Laß das, dreh dich um, fang noch mal an!
Als ich nicht mehr Theater spielen konnte und dann doch wieder anfing... Als die Schrecknisse von Aussig mich durchzogen und tief verzweifelt machten... Als wir in der Schweiz ankamen wie Bettler... Als die Kinder wirklich erwachsen waren – jedesmal ist da etwas gestorben und wieder neu erstanden.

Doch erst jetzt erscheinen mir diese Abschnitte nicht mehr nur als Abschnitte; es sind auch neue Leben gewesen.
In Aussig beispielsweise habe ich meinen Mädchentraum begraben.

Wann fängt eigentlich das Sterben an?
In einem alten chinesischen Spruch heißt es: Der Tod ist nur dann ein glücklicher Tod, wenn man vielmals gestorben ist.
Muß man den Tod auch üben?

Von wie vielen Teilen in sich muß man sich einzeln verabschieden?

Hat das letzte Sterben angefangen vor einiger Zeit, ist es zu Ende gewesen, als ich müde wurde?
Ich schlafe nicht schlecht für eine Frau von fast neunzig Jahren; aber manchmal habe ich schreckliche Angst, nicht gut zu schlafen. Ist es das Leben, das in mir rumort und mir Angst macht, weil ich jetzt nur noch sehr wenig in ihm tun kann?
Ich nehme ein Schlafmittel, damit ich in der Nacht nicht aufwache und mich die blanke Nacht erschreckt.
Und jeden Morgen bedaure ich es, weil der Schlaf so zäh an mir hängt und mich ganz öde macht.

In die Nacht hinauszuwollen, mich zu bewegen, wie unter Zwang, erschreckt mich in den verschiedenen Unterkünften bei den Kindern zu Hause, wo ich Gast bin. Die Kinder werden wach und fragen mich, warum ich herumgeistere. Und noch schrecklicher ist es mir, wenn sie mir sagen, daß ich das alles nur geträumt habe.

Auf der Alm ist es auch so. Gusti wird wach und schlägt die Hände über dem Kopf zusammen. Warum soll sich ein Mensch mitten in der Nacht bewegen? Er liegt im Bett und schläft.
Und das tue ich dann vielleicht auch wirklich und träume nur.
Und denke mir: Das ist es, daß wir so gehalten sind! Und weil wir gehalten wurden, halten wir die anderen fest.
Und weil wir Angst haben, erwarten wir, daß sie uns halten, weil wir selbst nicht mehr können.

Gusti ist nicht da. Ich sitze am Schreibtisch und mache mir Gedanken wie lange nicht mehr. Ich lasse sie stehen, radiere sie nicht weg. Lieber schmeiße ich das Ganze in den Papierkorb.

Wenn ich sage, meine Kinder sind frei aufgewachsen, dann wäre das, so gesagt, eine Lüge, weil niemand wirklich frei ist und Freiheit eine sehr langsame Bewegung unserer Emanzipation ist. Erst strampelt man sich ein wenig weg, dann strampelt man ein wenig dahin. Und das Leben läuft und läuft. Man jagt es fort und hält es fest. Hätte mir jemand zu der Zeit, als die Kinder aufwuchsen, erklärt: Ihre Kinder wachsen aber sehr frei auf – hätte mich das beleidigt. Es wär ein Vorwurf gegen mich gewesen.

Und doch sind sie frei aufgewachsen, wenigstens bis zur Hälfte ihres Lebens, weil es nichts Freieres und Gebundeneres als die Natur gibt.
Carl, den eine tiefe Liebe zur Natur beseelt, sagt: »Der Anfang von allem war das Leben auf der Alm.«
Und Maria sagt: »Wenn ich mich allein und einsam fühlte und herumgelaufen bin, war doch immer etwas da wie eine Hand, wie eine Wiese, wie der Duft der Wälder.«

Mein Verhältnis zu den Kindern war immer sehr praktisch. Das war ein Satz, auf den ich es gebracht hatte, als ich ungefähr sechzig war. Ich habe das in einem Interview so gesagt, daran erinnere ich mich. Und es hat gestimmt und auch nicht. Denn ich war zuweilen jämmerlich unpraktisch.
Nur ein Beispiel. Maximilian hatte Besuch. Er hatte eine reizende, liebenswerte junge Frau auf die Alm eingeladen. Sie schliefen oben in den zwei Betten zusammen. Ich rief hinauf, ich ginge zur Kirche, ob ich ihnen schon die Eier aufsetzen solle zum Frühstück. Ich setzte sie auf, obwohl ich nichts gehört hatte von oben. Ich dachte mir, sie sind wach und haben mich gehört. Also setzte ich die Eier für das Frühstück auf und ging zur Kirche.
Maximilian erzählte dann später, er sei wach geworden durch einen infernalischen Gestank. Und als er dem Ge-

stank nachgegangen sei, habe er eine total verkohlte Pfanne mit Inhalt gefunden.
Meine Eier. Für ihr Frühstück.

Als Carl uns verließ, um in die Welt hinauszugehen, wie er sagte, weil ihn unsere Enge anöde, da schickte er mir von Paris eine Ansichtskarte. Ich weiß nicht mehr, was für ein tolles Hotel darauf war, auf jeden Fall war mit Kreuz ein Zimmer eingezeichnet: sein Zimmer in der großen weiten Welt, die er zu erobern beabsichtige und in der er schon einmal maßgenommen, logiert nur so zur Probe habe.
Mein praktischer Verstand sagte mir, daß er ganz woanders untergekommen sein mochte.
Und Jahre später gestand mir Carl, daß er damals unter den Brücken genächtigt hätte.

Ich will aufstehen und mich unter den Baum setzen.
Hermann, ich weiß, daß du hinter mir stehst und mich beobachtest. Wie lange bist du schon tot?
Sie wollen etwas von mir. Ich soll sagen, wie alles gewesen ist. Dabei weiß ich es manchmal selber nicht. Ist es so gewesen, wie ich es jetzt sehe? Oder war alles ein bißchen anders? Hat man an einigem vorbeigesehen, weil man es nicht wahrhaben konnte oder wollte?
Es ist nicht der Baum des Lebens, der draußen steht.
Und der Kußbaum ist es auch nur, weil ich Geschichten immer sehr gemocht habe, wie du weißt.

Wenn ich hinausstapfen würde, schlüge Gusti schon bald die Hände zusammen; und so ganz leise hinausschleichen, daß sie mich nicht hört, würde ich nicht wagen.
Irgend etwas würde wackeln, sich etwas in der Stille bewegen; selbst wenn meine alten Beine mich noch tapfer nach draußen trügen.
Und was würde geschehen, wenn sie ihren Dienst versagten, mitten im Aufbruch? Wenn ich mich hinsetzte und

nicht mehr aufkäme bis zum Morgen? Würdest du mir helfen können?

Es ist besser, ins Bett zu gehen; wieder die Schlafdinger zu nehmen, nur ja keine Versuchung mehr zu einer noch so kleinen Unordnung.
Aber das sagst doch du nicht, Hermann? Oder bist du eifersüchtig, weil ich jetzt etwas mache, was du dein ganzes Leben lang gemacht hast? Ich schreibe. Aber ich bin dir kein Konkurrent. Ganz bestimmt nicht.

Vielleicht habe ich Sehnsucht nach dir. Ja, nach all den Jahren; warum nicht? Alles kommt wieder. Die Erinnerung wühlt mich auf. Und vieles kommt, während man es aufschreibt, so lebendig auf einen zu, daß man denkt, man könnte es anfassen.
Und du? Bist mir jetzt so nah wie früher in unserer guten Zeit.
Habe ich mir deshalb in den Kopf gesetzt, du könntest mich in den Arm nehmen und nach draußen führen? Unter den Baum.

Das Alter ist eigentlich eine schrecklich langweilige Ordnung.
Gut, daß man zu alt ist, um dagegen zu rebellieren.

Wer hat eigentlich von unseren Kindern am meisten rebelliert? Sie haben es alle getan. Jeder auf seine Art. Maria war die Schlaueste in ihrer Rebellion. Nein, Maximilian. Ich weiß, daß du es nicht so siehst.
Immy hat die Rebellion zuerst am weitesten nach außen getrieben und dann nach innen. Sie war deine Tochter.
Und auch Carl war dir sehr ähnlich, deshalb habt ihr euch auch nicht verstanden.
Unsinn, sagst du. Kann ja sein.
Ich sollte den Unsinn nicht weiter treiben und mich auf die Seite legen.

Du weißt, wie der Tod ist, ich noch nicht.
Warum habe ich nur so stark das Verlangen, nach draußen zu gehen und mich unter den Baum zu setzen. Mitten in der Nacht.

Fangen wir noch einmal an.
Maria war mein erstes süßes Baby, mit einem Knöpfel im Gesicht, wie die Leute sagten: ein winziges, süßes Näslein.
Sie war sehr lebhaft. Ich erinnere mich, daß ich beim Stillen große Schmerzen bekam.
Meine Brust war viel zu zart, und sie hielt sie fest, mit allem, was sie hatte, und alles Spritzen mit Taninspiritus hat nicht geholfen. Maria faßte die Brust so fest an, daß ich meinem Vater sagte: »Wenn ich jetzt aufstehe und im Zimmer umhergehe, würde sie hängenbleiben an mir.«

Du weißt, warum ich das sage? Natürlich weißt du das.
Von Immy weiß ich auch noch eine verrückte Sache.
Du kennst sie schon. Aber hör sie dir an, vielleicht erzähl ich sie jetzt anders.
Wir fuhren im Wagen des Schweizer Gesandten in Rom, ich weiß nicht mehr zu welchem Anlaß.
Du hast recht, es ist eine Nebensache, und ich klammere mich daran, weil ich nicht schlafen kann. Vielleicht will ich nicht schlafen und habe deswegen die Schlafmittel nicht genommen; sitze statt dessen über dem Papier am Schreibtisch.

Ich schreibe die Verrücktheiten auf, sagst du, genau wie meine Kinder, die Verrücktheiten leben wollten.
Von wem haben sie es denn?
Ich war nie besonders verrückt.
Und du auch nicht, außer daß du pausenlos geschrieben hast.
Wenn du jetzt sagst, um aus der Ordnung auszubrechen,

dann muß ich lachen; warst du nicht immer der ordentlichste Mensch überhaupt?
Das ist kein Vorwurf, und vielleicht stimmt es auch nicht.
Du weißt schon. Aber vielleicht stimmt es doch.
Gerade deswegen.

Warum begleitest du mich nicht unter den Baum, unter den Mond; ich weiß, daß ein schrecklicher Vollmond ist, der hat dir nie etwas ausgemacht. Aber mir.
Wir könnten ins Tal hinausschauen. Du weißt, wieviel man sieht, wenn der Mond scheint. Wir haben es früher öfter getan, auch in der Nacht. Du hast den Arm um mich gelegt.

Ich weiß, daß du nicht mehr reden kannst. Ich bin die einzige von uns beiden. Ich muß jetzt für uns beide reden.
Aber ich will nicht, wenn du mich nicht unter den Baum begleitest. Du siehst, ich bin störrisch geworden im Alter.
Das hast du nicht mehr erlebt.
Hättest du es gern gesehen, mich jetzt, hier?
Wirklich?

Ich erzähle dir jetzt die Geschichte von Immy in Rom zu Ende, weil ich es nicht leiden kann, wenn man mitten in etwas aufhört; man muß alles zu Ende bringen. Ich weiß, daß du das alles schon kennst. Hör trotzdem zu, vielleicht habe ich einen Satz eingeschmuggelt, der ein anderes Licht wirft. Vielleicht haben wir alle damals die Bedeutung der Geschichte nicht erkannt.

Immy war, manchmal scheint es mir so, wirklich die wildeste. An dem Tag in Rom hatte sie ein weißes Kleid an, war kaum siebzehn und freute sich im Wagen des Schweizer Gesandten zu sitzen, weil sie nämlich an einer Stelle in der Nähe des Vatikan entdeckt hatte, daß die Schweizer Garde salutierte.
Sie erhob sich im Wagen und winkte.

Wir mußten umkehren und noch einmal vorbeifahren.
Sie richtete sich auf und ließ sich von der Schweizer Garde grüßen, als sei sie der Papst.

»Vierundzwanzig Gedichte«

Du wirst mich nicht nach draußen begleiten; wir werden nicht mehr unter dem Mond sitzen und ins Tal hinausschauen.
Du wirst nicht mehr den Arm um mich legen.
Es ist ein Spuk in der Nacht.
Für ein paar Augenblicke lang habe ich wirklich gedacht, es könnte geschehen. Wir gingen einfach nach draußen in die Nacht, so wie früher.
Aber es ist etwas anderes, was mich lockt.
Vielleicht habe ich gedacht, es kommt nicht näher, wenn ich es übertreibe; wenn ich darauf beharre, nach draußen zu gehen, muß ich sie nicht lesen. »Vierundzwanzig Gedichte« von Hermann Ferdinand Schell.
War es das, daß ich deine Gedichte lange nicht gelesen habe? Sollte das ganze Hin und Her mich dazu bewegen, sie zu lesen.

Es ist eine ähnliche Stimmung in ihnen, in der ich mich jetzt befinde, obwohl du damals jünger warst.
War es meine Eifersucht, daß ich sie ablehnte, die Gedichte deiner späten Jahre, weil ich nicht mehr in der Mitte deines Lebens stand?

Die Mücke

Dösend liege ich und sinne.
Sommermittag wuchtet weit.
Eine Mücke summt im Zimmer
Und erweckt die Kinderzeit.
Schlafen mußte ich als Knabe
In dem braunen Kammerduft:
Und es schwirrte eine Mücke
Nachmittäglich durch die Luft.
Summte bei geschloßnen Läden
Ohne Pause hin und her:
Wie ein Schlaflied war's zu hören
Und ich döste immer mehr.
Und ich denk' verwehter Tage:
Vater, Mutter sind schon tot.
Ach, wie viele sind gegangen,
Denen ich die Hand noch bot.
Und ich liege jetzt und döse
Wie als Knabe hochgesinnt:
Nur das Haupt ist grau geworden –
Doch die Seele ist noch Kind.

Ich werde dich nicht mehr unterbrechen keine Einreden mehr.
Ich habe mich entschuldigt, habe gesagt, daß ich die frühen lieber mochte, aber ich muß zugeben, »Die Mücke« ist wirklich schön.
Hast du damals angefangen, in den Tod hineinzuleben?
Hast du es gewußt?

Turmlied

Die Glocken schlagen Mitternacht.
Bei jedem Schlag ein Bild erwacht.

Schlag eins. Ich sehe mich als Kind,

Mehr Wunsch als Tat zum Angebind.

Schlag zwei. Ich muß zur Schule gehn,
Die Wissen lehrt, nicht Wesen sehn.

Schlag drei. In den Beruf hinein.
Er möge mir Berufung sein.

Schlag vier. Die Liebe läßt nicht los.
Wenn sie nichts fordert, ist sie groß.

Schlag fünf. Wie viele sind gemein.
Mich stützt kein Recht, es auch zu sein.

Schlag sechs. Ich überblick' den Pfad.
Fragment war alles, was ich tat.

Schlag sieben. Kinder stehn im Raum.
Ist jedes anders als mein Traum.

Schlag acht. Ich spüre einen Riß.
Der Tod allein ist uns gewiß.

Schlag neun. Es überlärmt die Zeit
Nicht unsere innere Einsamkeit.

Schlag zehn. Die bald erreichte Ruh
Neigt sich der Schicksalsernte zu.

Schlag elf. Es wechseln Nacht und Tag
Wie Nebel, Mond und Hagelschlag.

Schlag zwölf. Der neue Tag erwacht.
Führ aus, was du mit Herz bedacht!

Die Liebe läßt nicht los. Wenn sie nicht fordert, ist sie groß.
Wie lange braucht man, um das zu begreifen?
Und ist es wirklich so? Ist nicht die Liebe das Unerbittlichste auf der Welt?
Früher haben wir viel und über alles geredet, aber dann

hast du so getan, als wäre ich nur noch für den Lebensunterhalt da; daß ich heranschaffe.
Du hast mich an der »Reinheit deiner Gedanken« nicht mehr teilnehmen lassen.
Vielleicht ist es so, daß das Leben schmutzig macht, nicht nur die Gedanken, weil man seinen Lebensunterhalt verdienen muß.
Vielleicht habe ich auch einen Fehler gemacht und mich von dir entfernt, indem ich mich ins Geschäftige abtreiben ließ; wobei ich dich dann verlor.
Weißt du, was schrecklich ist? Daß man alle Dinge ganz machen muß. Du hattest deinen Beruf als Dichter. Du hast ihn ganz gemacht.
Ich hatte zwei Berufe. Und ich habe mein ganzes Leben dafür kämpfen müssen, nicht in der Mitte auseinandergerissen zu werden.
Weißt du das? Hast du es gespürt?
Oder hast du es nicht sehen können, weil es dir ein schlechtes Gewissen machte?

Reigen

Über den Bäumen
Bin ich gestanden.
Sprang über ihre
Wipfel hinweg.
Unter den Bäumen
Bin ich gelegen.
Durch ihre Kronen
Träumt' ich ins Blaue:
Zwischen den Bäumen
Spielten die Kinder.
Sah sie, sich haschen –
Jubelnd im Grün.
Rund um die Bäume

Lärmen die Enkel.
Bald an den Wurzeln
Liege ich still.

Hände

Irgendwo ist jedermann daheim.
Alle, die da stehn und laufen
Sind nicht heimatlose Fremde:
Irgendwo sind für sie Hände,
Ob sie schmutzig sind, ob rein ...
Hände sind es im Bestreben
Hinzugeben, um zu leben.

Weißt du, daß ich mich dir jetzt sehr nahe fühle.
Hinzugeben, um zu leben.
Wir haben uns verloren gehabt, und nur die Kinder haben uns zusammengehalten in ihrer rührenden Emsigkeit.
Aber es war nicht ohne Sinn, das Ganze. Wir waren zwei Kraftfelder ihres Lebens und sind es geblieben. Du bist ja nicht wirklich tot, für sie nicht und für mich auch nicht.
Und auch ich werde erst wirklich gestorben sein, wenn die Kinder nicht mehr leben ... oder die Enkel, wer weiß.

Von einem Weinstock im Winter

Wenn ich dich sehe, kahles Wirrgeäst,
Im kühlen Dunst, im wintrigen Gebrest,
So glaub' ich kaum, was mein Gemüt empfindet ...
Daß sich die Traube schon in dir befindet.

Das ist so seltsam ...

Das ist so seltsam, wie sie alle schreiten
Und jeder in sein Wesen eingehüllt.
In seinem Dunst, um den sich Grenzen breiten.

Die er nicht überspringt, von sich erfüllt.
Wie einer mit versorgter Miene wandelt,
Wie die, Verklärung in sich bergend, eilt.
Wie der an einer Ecke mürrisch handelt,
Und jene naht, daß sich die Menge teilt.
Wie der Beruf den adelt. Und dem anderen
Der Weltirrsinn aus beiden Augen blickt.
Und wie sie suchen, wie sie suchend wandern,
Von einer unsichtbaren Macht geschickt.
Und wie der Stern erblüht und ruhig schimmert,
Und wie ein Paar sich wunderbar vereint,
Wie die Gleichzeitigkeit der Dinge zimmert
Ein Sein, das wirklich zu bestehen scheint – –
Und doch nur Luft ist, Hülle und Verderben,
Und wie sich alles abstößt, findet, treibt,
Dies zu ergründen gibt es keinen Erben
Und wenn er Millionen Bücher schreibt.

Ich habe versprochen, dich nicht zu unterbrechen, und ich tue es auch nicht. Nur wenn ich dir so zuhöre und deine alte Stimme in mir klingt, denke ich, wir haben zuviel gewollt, manchmal, zuviel auf einmal. Daran ist einiges zerbrochen. Aber wie kann man dem ausweichen, daß man sich immer auch ein bißchen verliert?

Tag ohne Lied

Heut' schuf ich keines Verses Kraft.
Die Poesie schien ausgestorben.
Und war sie da, ich sah sie nicht.
Der Alltag hatte mich verdorben.
Nicht ein Bekenntnis bracht' ich auf.
Nicht einer Sehnsucht sanftes Tauen:
Die Not gab keine Elegie.
Kein Szenenbild das öde Grauen.

Es war ein Tag ganz ohne Lied,
Die Poesie schien ausgestorben
Und war sie nah, ich sah sie nicht,
Der Alltag hatte mich verdorben.

Kerzenlicht

Das reinste Licht brennt ruhig aus den Kerzen,
Die Bienen sammelten an allen Borden
Bis Wachs und Honig war: Freut euch, ihr Herzen!
Es ist der Blütenstaub zu Licht geworden!

Ja, mach es nur. Verbinde mir den Mund, damit ich nicht von den alltäglichen Dingen zu klagen anfange, wie ich es vorhatte. Du hast dir deine Poesie nicht verderben lassen. Der Alltag hat dich nicht verdorben. Und wenn ich jetzt böse wäre, könnte ich sagen, er hat dich nicht erreicht. Aber ich will das nicht sagen, weil es wohl auch nicht stimmt.
Männer vertragen es auch heute noch schlecht und du hast es auch schlecht vertragen, daß ich für den Lebensunterhalt zuständig war; zur Hauptsache jedenfalls. Vielleicht war ich auch manchmal zu stolz darauf; oder ich hatte nicht genügend Zeit für alles.
Ich habe dich manchmal verachtet, weil du an deinem Traum festgehalten hast.
Aber jetzt muß ich zugeben, daß du recht gehabt hast.
Die Poesie sollte die Mitte des Lebens sein.

Jetzt sind wir fast reich. Was wir alles zusammengetragen haben, und die Kinder haben fleißig mitgeholfen.
Die Poesie ist übriggeblieben. Nicht nur deine.
Aber wir haben ja auch essen müssen, nicht?

Der Schneekristall

Auf meinen Mantel fällt
Ein Schneekristall.
Der Himmel sucht die Welt.
Ein Gruß vom All.

Es liegt Vollkommenheit
Und Weltgeschick
In der Vergänglichkeit
Vor meinem Blick.

Ankunft

Die Bahnhofshalle dröhnt. Der Schnellzug ist erschienen.
Die Leute eilen. Frohe, bittre Mienen,
Gesunde, kranke, abschiedsmüde, helle
Gesichter spült's vorbei, Well' und Welle.
Gehetzte, werktagsgraue. Rasch zum Schalter
Drängt das Gepäck. Es kommen alle Alter.
Der Tod läuft mitten unter ihnen.
Dem jungen Weib macht er ein leises Zeichen.
Es sieht ihn keiner. Jeder will erreichen.

Mischgewölk

Kann ich all' die Farben zählen,
Die am Himmel rege sind? –
Violette, grünlichblaue,
Mittengoldne, rosahelle,
Schwarze, gelbe, grünlich lind?

Mir entgegen winkt der Abend.
Sitz an einem Rosentisch.
Alles, was sich würzt im Leben
Ist, nach einer makellosen

Helle, immer das Gemisch.

Und ich neige im Gespräche
Sinnend, weil bewegt das Haupt:
Was sich hält, das muß sich mischen.
Und ich habe sechzig Jahre
An das reine Licht geglaubt!

Das ist eitel, spricht der Abend,
Und belehrt den dumpfen Sinn:
Denk, wie selten ich an einem
Tage ohne eine Wolke
Goldverklärt gestorben bin!

Das Trauerband

Schwarze Wolke vor der Sonne
Scheint ein schmales Trauerband,
Das die Goldne trägt am Abend
Über dem umflorten Land.
Ist ein Göttersohn gestorben?
Brach ein Zauberstern entzwei?
Geht ein Dichter von der Erde?
Gellt Prometheus' alter Schrei?
Während ich noch staunend frage
Auf dem Feld im Dämmerschein –
Ist die Sonne schon gesunken
Und das Rätsel steht allein.

Nur weiter, du Lieber, du; deine Stimme hat mir gutgetan. Sie hat mich ruhig gemacht. Ich kann jetzt schlafen. Und morgen werde ich weiterdenken. Und werde weiterlesen.

An den Schlaf

Komm, du volle Dunkelheit!
Komm, du Kürzer aller Zeit!
Komm, du Wiege, halber Tod!
Fährmann in das Morgenrot!
Komm, Beruhiger zur Ruh!
Einbaum rascher Träume du!
An den Wimpern hängt die Welt,
Die mich kurz gefangen hält.
Komme, du Vergangenheit,
Schwarzer Schleier übers Leid!
Krönung der erlebten Lust,
Sein und Kraft mir unbewußt!
Flüchtig ausgelöschtes Ich,
Fülle und erlöse mich!

Maria und unser kleines Paradies

Es war wirklich eins, so unendlich klein alles, wie die Kinder viel später erstaunt feststellten, als wir nach unserem langen Kriegsaufenthalt in der Schweiz endlich wieder auf unsere geliebte Alm durften; in unser aller wirkliche und wahrhaftige Heimat, die Heimat des Herzens, die Heimat für das Gemüt, wo es sich wieder stärken konnte nach Schlägen.

Als ich das erste Mal als Mutter auf die Alm fuhr, war das Gritli noch ganz klein; etwa fünf Monate. Ich hielt es stolz im Tragkissen. Der Postler holte uns mit seinem Einspänner ab, und als er das Baby sah, wurde er ganz verlegen und sagte: »Ja von der Kleinigkeit haben wir ja noch gar nichts gewußt.«
Ich lachte.
»Ist es ein Bub?«
Sag ich: »Nein, ein Mädel.«
»Na, das wird a gute Kinderdirn.«

Das hat er gesagt, und es ist mir im Gedächtnis geblieben, weil es wie eine Prophezeiung war. Das ganze Leben lang war Maria eine gute Kinderdirn. Das heißt: sie hat ein besonderes Gefühl, etwas, das, bei allem gewachsenen Verstand, die kindliche Schwingung behalten hat und von den Kindern gleich verstanden und begierig aufgenommen wird.
Und ihre eigenen Kinder?

Oliver war ein Prinz und Marie-Theres eine Prinzessin. Maria war mit ihren Kindern jung und fröhlich und ist es jetzt mit ihrem Enkelkind wieder.
Die kleine Fine, wie sie sie nennt, liebt ihre Großmutter, auch wegen der ausgelassenen Spiele, bei denen ich wieder den Übermut meines Mannes durchblitzen spüre.

Ich war einmal dabei, wie die Kleine als rasender Blitz ein ganzes, vollbesetztes Speiselokal auf den Kopf stellte. Die Kellner mußten wie Schlittschuhläufer im Eiszirkus dem Kind und der Großmutter ausweichen.
Ich hatte mich bei der kleinen Fine bereits unbeliebt gemacht, weil ich sie zur Ordnung ermahnt hatte. Das Publikum und natürlich alle, alle verziehen der verzückten Großmutter, lachten und verlangten Autogramme.

Wo war ich stehengeblieben? Ach, richtig, Maria kam ja nicht als Großmutter auf die Welt; sie fing bald zu lallen an.
»O Gott, o Gott, Gold, Gold, Gold!«
»O Gott« hatte sie sicher von mir, aber wo sie das Gold herhatte, weiß ich nicht.
Sobald wie möglich, schon im April, verließen wir also Wien, verließen das geschäftige Hin und Her und all die Aufregungen der Großstadt; all die Erregungen und Wichtigkeiten, von denen man glaubt, nicht ohne sie leben zu können, und die einem von der Alm aus so nichtig erscheinen, wie sie es wahrscheinlich auch sind.

Wir fuhren also im Einspänner über die damals noch sehr holprige Straße hinauf. Gritli krähte auf einmal so laut in die Stille der Bergwelt, daß es wie ein Fanfarenstoß klang; so als begrüße sie Heimat und Leben. Und so ist es geblieben, wenn Maria auch heute keine Fanfare mehr hat; sie begrüßt mindestens einmal im Jahr diese Welt der Ruhe und Einfachheit.

Was die Welt schlägt, heilt die Alm.

Ich nahm einen Wäschekorb, den ich ausstaffierte mit Weiß und Rosa, dort legte ich die Kleine hinein, so daß sie den ganzen Tag im Gras stand und strampelte. Sie strampelte manchmal so heftig, daß sich die Sonne voll Furcht hinter Wolken verbarg; dann schrie sie so laut, daß die Wolken erschraken und verschwanden. Ein seliges, glückliches Spiel mit den Naturgewalten.

Die Söhne von unserem Pächter, zwei Buben von ausgelassener Art, hatten zwei junge Kitze gefangen, die jetzt vor unserer Hütte herumsprangen.
Kitzchen sind ja ganz merkwürdig. Wenn eine Gefahr droht, dann laufen sie nicht davon; als wüßten sie von ihrem Charme und ihrer zarten Anmut, legen sie sich ganz flach auf den Boden und man kann sie wie eine Porzellanfigur aufheben.
Das hatten die beiden Buben auch getan und kamen mit den zwei Rehlein angetippelt.
Ich wußte nicht, ob ich schimpfen oder lachen sollte. Ich tat beides nicht und versuchte das Schelmenstück ungeschehen zu machen; trug die beiden verängstigten Tiere in den Wald zurück, legte sie an eine Stelle, ungefähr da, wo die Buben den Diebstahl an der Rehmutter begangen hatten.
Ich versteckte mich, weil ich sehen wollte, was geschah.
Stunden vergingen und nichts rührte sich; auch die Kitzchen lagen ruhig, so als schliefen sie. Das taten sie aber nicht, denn ab und an hoben sie ihre Köpfchen.
Die alte Geiß nahm die Kitze nicht mehr an. Sie hatte offenbar Angst bekommen, oder sie wollte den Geruch des Menschen nicht.
So behielt ich die Kleinen zu Hause.

Das eine der beiden Geißlein war furchtbar neugierig und hüpfte gleich am ersten Tag in eine Holzkiste hinein und

wieder heraus, wie ein nervöser Sportler, der auf irgendeinen Sieg hin trainiert; sah sich alles an, fraß alles, was man ihm gab und schnupperte neugierig das ganze Zimmer durch. Ich nannte es Teufele.
Das andere, die Ricke, war scheu, größer und sehr edel; sie fraß nur Blumenköpfe, sonst gar nichts, und trank natürlich Milch. So wässerte ich die Kuhmilch zur Hälfte.

Und nun gab es einen Wettstreit zwischen meinem Baby und den Rehen. Wenn die beiden Rehe das Fläschchen bekamen, schimpfte die Kleine: sie wollte es doch haben. Wenn ich es der Kleinen gab, kamen die Rehe mit ihrem Näschen, stupften die Flasche weg und wollten selber trinken.

Ich ließ die Rehe ganz frei, so daß sie überall herumlaufen konnten. Ich hatte einen bestimmten Pfiff, den die Rehe sehr gut kannten. Sie unterschieden genau: Wenn die Jungen vom Pächter pfiffen, kamen sie nicht; wenn ich pfiff, sofort – oft von ganz weit her gesprungen.

Viele sind ja der Meinung, angenommene Tiere würden ihren Weg schon finden, weil sie instinktiv ihrer Natur folgen.
Nun gibt es in der Natur von kleinen Rehen normalerweise keine Flaschen, und Babys, die aus genau solchen Flaschen trinken wie sie selber, gibt es eben in der Natur auch nicht.
Wer sich selber, den anvertrauten Geschöpfen und seinem Kind Ärger, Schmerzen und unnötiges Geschrei ersparen will, kann auf Erziehung nicht verzichten.
Grenzen kennenlernen, heißt ja nicht unfrei sein.
Und so wuchsen meine drei ganz wunderbar heran. Maria hat ein sehr inniges Verhältnis besonders zum Teufele gehabt, weil es wie Maria selber ein Wildfang war.

Eines Tages, nach Jahren, pfiff ich nach den Tieren aber

nichts rührte sich; ich pfiff noch mal und suchte die Rehe überall. Schließlich kamen sie, aber wie erbärmlich! Die Ricke mußte das Teufele richtig zu mir führen; es machte noch zwei große Sprünge, grub dann seinen Kopf ganz fest in meinen Schoß ein, und bald darauf verendete es.

Der Tod ist eine schreckliche Erfahrung für Kinder, weil es bedeutet: Etwas Geliebtes, Vertrautes ist nicht mehr. Sieht man dabei in Kindergesichter, sieht man den Schmerz einbrechen in Unverständnis.
Wir hätten das Reh begraben, wir hätten auf das Grab Blumen pflanzen können; wir hätten trauern und durch eine gewisse Festlichkeit unsere Trauer einige Zeit aufrechterhalten können.

Aber Maria entschied anders, sie wollte es anfassen und halten können; auch wenn es sich nicht mehr bewegen kann. »Dann spring ich eben für das Reh!« sagte sie.
Wir entschlossen uns, es ausstopfen zu lassen; es war lange in unserem Salon. Stand da und bewegte sich nicht, dafür Maria um so mehr.

Die Ricke war danach weniger scheu, begleitete mich beim Beerenpflücken; äste dann Beeren, bis sie satt war.
Das hatte sie von den Kindern gelernt, die auch erst ins Kröpfchen pflückten, bevor das Töpfchen drankam.
Wir hatten alle große Freude an ihr, weil sie jetzt für zwei zutraulich sein mußte und es auch war.

Sie ging weite Wege bis zum Steinbauern hinauf. Und wenn ein Auto kam oder ein Pferdewagen, sprang sie behend ins dickste Gebüsch und versteckte sich. Wenn der Wagen vorbei war, lugte sie, hob und senkte das Köpfchen, damit wir es auch sahen und vor Rührung dahinschmolzen; es war wirklich ein reizender Anblick, auch wenn sie dann wieder angesprungen kam, ganz so als wolle sie das Teufele imitieren.

Aber auch die Ricke starb nicht an Altersschwäche, sondern durch einen Unfall. Ein Bauer sagte, er habe sie schützen wollen, weil die Jäger den Wald durchstreiften; sie sei durch die Hunde ganz verwirrt gewesen, da habe er sie in seinen Keller gesperrt. Dort sei sie herumgesprungen, und eine Sense, die der gute Mann im Keller aufbewahrte, sei so unglücklich herabgefallen, daß das Tier nun verwundet sei.
Er brachte es blutend an. Dann ging er, nachdem er sich entschuldigt hatte.
Sie warf die Augen auf uns alle, aber wir konnten ihr nicht mehr helfen, die Verwundung war zu schwer.

Mittlerweile war klein Margriterl ein »großes Mädchen« geworden; sie half dem Vater beim Holzmachen. Sie nahm immer wieder ein Stück, fast unermüdlich, und sagte: »Bitte, Papa, eins – bitte, Papa, eins – bitte, Papa, gema weiter.«
Und so half sie auch beim Beerenpflücken. Mit ihren kleinen Fingerchen, die ihr manchmal nicht ganz gehorchten; was sie sowohl wütend machte als auch zu zarten Augenaufschlägen Anlaß geben konnte.
»Bitte, Papa, eins!« Dann nahm sie wieder eine Beere und sagte: »Bitte, Papa, eins.« Und dann, schon einen halben Schritt in Richtung Ungestüm und Toben: »Bitte, Papa, gema weiter.«

Wir hatten oft Besuch auf der Hütte; heute weiß ich nicht mehr, wo all die Leute in der Enge eigentlich untergekommen sind.
Mein Mann las vor aus dem, woran er gerade schrieb. Manchmal las ich mit ihm, wenn es Dialogstellen waren.
Es kamen auch Theaterleute aus Wien. Und ich wollte ja irgendwann wieder spielen.
Dem damaligen Burgtheaterdirektor, Franz Herterich, ge-

fiel es, wie ich sprach, wie ich manchmal aufstand und die Arme bewegte; er sah mir ins Gesicht, und ich spürte es.

Er sagte mir auf einem kleinen Spaziergang: »Talent darf man nicht vergraben; Sie kennen die Bibel. Und wirkliche Ausdruckskraft ist selten.«
Ich sagte nichts zu alldem, drängte wieder ins Haus; nahm mir aber vor, meine Rollenstudien und Übungen wieder aufzunehmen, sobald ein bißchen Zeit zwischen Hausarbeit und Beerenpflücken war.
Die Beeren im Sommer und die Pilze im Herbst waren ja nach wie vor eine wichtige Einnahmequelle.

Einmal saß ich vor der Hütte mit einer Freundin. Ich hatte in einer zinnernen Badewanne handwarmes Wasser gemacht; das eiskalte von der Quelle und ein bißchen heißes vom Herd, damit Margriterl planschen konnte.
Meine Freundin erzählte gerade eine wundersame Geschichte von zwei Leuten in Wien, die sich nicht ausstehen konnten, aber plötzlich im Theater nebeneinander zu sitzen kamen ... da, ein Platschen, ein erstickter Schrei. Das Kind war in der Badewanne vollkommen verschwunden, bis ich sie am Arm herausriß.

Ich zitterte am ganzen Körper. Zwei Menschen waren sprachlos und stumm: Maria, weil sie noch immer nicht reden konnte vor lauter Wasser, und ich, weil ich ein schlechtes Gewissen hatte. Ich sagte: »Aber Margriterl, du darfst doch nicht alles!«

Ich habe es behalten; wie meine Freundin, die damals schon drei Kinder hatte, mich getröstet hat: »Ach, die jungen Mütter sind eine Krankheit, sie sterben bei der kleinsten Kleinigkeit. Es ist gut, daß Frauen mehr als ein Kind bekommen, sonst wär die Menschheit schon ausgestorben.«

Maria sprach sehr früh. Sie redete schon bald recht sieben-

gescheit in unendlich langen Sätzen, bei denen sie dann immer ein bißchen die Kontrolle verlor, was sie charmant überspielen konnte.
Mein Mann hat ihr ein kleines Gedicht gemacht:
»Macht der Hahn Kikeriki, / Gag gag gag die Henne. / Hat dem Mädi Eili bracht, / Ostern wird es blau gemacht, / Gag gag gag gag gag.«

Maria wußte es sehr bald auswendig und trug es sehr herzig vor.
Ihre ersten Worte waren: »Mutti, Bumbi brav.«
Ich weiß die ersten Worte nur noch von ihr. Bei den anderen geht in der Erinnerung alles durcheinander.

Ich hatte damals eine Ziege gekauft von einer Nachbarin, einer alten Bäuerin, die mich natürlich betrog; weil man Städter eben betrügen muß und darauf auch noch stolz sein darf. Jedenfalls damals war das so.
Der Nachbarbub erzählte dann auch treu und brav:
»Ja, eine Ziege wird höchstens fünfzehn Jahre alt, und der Frau Schell ihre ist schon achtzehn.«
Dabei sah mich der Lümmel so frech und dreist an, daß ich nicht wußte, ob ich ihm eine Ohrfeige geben sollte oder sie lieber aufsparen für die Bäuerin. Aber ich ließ Weisheit walten, denn die Ziege gab noch jeden Tag eineinhalb Liter Milch, und das war ja schließlich das, worauf es ankam.

Margriterl war um die Ziege sehr besorgt; mißtrauisch beäugte sie mich, daß ich sie auch richtig pflege.
In der Früh schon rief sie: »Mutti Meggi Wasser geben, ja?«
Das hieß natürlich auch, sie trank die Milch recht gern; und dachte sich, wenn oben viel Wasser reinkommt, kommt unten viel Milch raus.

Carl, ein Brüderchen für Maria

Ich war nie besonders listig; dazu war ich zu geradeheraus, suchte immer den direkten Weg. Als ich glaubte, die Eifersucht meines Mannes auf das Theater sei abgeklungen, las ich zuerst gelegentlich in den Klassikern, wenn die Hausarbeit es erlaubte. Wir hatten sie ja alle da: Goethe, Schiller, Lessing, Wieland und Grillparzer. Vielleicht konnte ich doch das Angebot des Burgtheaters annehmen, die Luise in *Kabale und Liebe*.
Aber da merkte ich, daß ich wieder schwanger war.

Ich hatte für Margriterl, die jetzt etwas mehr als ein Jahr alt war, eine Gehschule bekommen, weil sie immer wieder so arg unzufrieden war mit dem Hinfallen.
Die Gehschule waren vier Bretter, ungefähr eineinhalb Meter lang, die innen gepolstert waren und auf einer Decke aufgestellt wurden; oder auf der Wiese vor der Hütte.

Während ich in der Küche nebenan hantierte, hörte ich eines Tages immerzu merkwürdige, manchmal vertraute Laute. Signale vom Theater, das ich ja so gut wie begraben hatte?
Wer war der Urheber?
Maria!
Als ich genau lauschte, hörte es sich so an:
»Komms mit Bakenburg, muß Menschen nix kennen, befeien ihn gewiß.«

Das war das Klärchen aus »Egmont« in der Version meiner Tochter. Damit ihre erste Rolle, wenn man so will.

Ich dagegen war betroffen, sah schräg in die Richtung, in der mein Mann arbeitete und kam mir nun doch vor wie eine Betrügerin. Hatte ich so oft den Text während der Arbeit und auch sonst gesprochen, daß das Kind ihn wußte?
Ich hatte wohl.
Leidenschaft läßt sich nicht unterdrücken. Nicht wirklich. Sie schweigt nur still, manchmal. Ich liebte das Theater eben.
Mein Mann schrieb für das Theater. Aber das Theater nahm ihn selten an.
Und ich lernte für das Theater, aber ich konnte nicht spielen, weil ich schwanger war.

Einmal ist es Maria beim Beerenpflücken zu langweilig geworden: »Mutt, Gitti geht z'Haus Papa.«
»Ja, Papa, geh du nur.« Mit der Gewißheit, es könne ja nichts passieren. Wir waren nicht weit von der Hütte entfernt, und Maria kannte den Weg – so ließ ich sie laufen.
Aber sie war nicht da, als ich in die Hütte kam.
Ich fragte meinen Mann, den Pächter im Bauernhaus, niemand hatte sie gesehen.

Mir vor allem war bang geworden, und ich ging sie suchen. Ich fand sie nicht. Dann holte ich meinen Mann. Wir suchten gemeinsam.
Gritli war verschwunden. Ich hatte natürlich große Angst, daß irgend etwas geschehen war, was wir nicht wußten. Ich lief zum Tor. Das Tor war offen. Ich schrie nicht, aber ich mußte mich setzen.
Ich war schwanger; und ich denke, daß Frauen dann besonders empfindlich sind, daß sie alles schützen wollen,

weil sie sich ja selber doch eigentlich recht schutzlos fühlen.
Mein Mann versuchte mich zu beruhigen. Es kann doch hier oben nichts passieren.
»Aber sie hat die große Straße hinuntergehen können. Und dann sich verlaufen.«
»Dazu braucht sie mehr als vier Stunden«, sagte er, »ehe sie in Gefahr gerät.«
Ich merkte, er wollte mich nur beruhigen.
So bestand ich auf großräumiger Hilfe. Alle Kinder vom Bauern mußten sie mitsuchen. Wir suchten alle.
Ich dachte, nur den kleinen Steig kann sie nicht gegangen sein, weil sie ja über den Zaun steigen muß. Sie kann doch nicht über den Zaun steigen.
Einer der Bauernjungen ging dann doch dahin und fand Gritli, im Wasser spielend, an der Quelle.
Er rief uns.
Wir folgten erleichtert seinem Ruf.

Sie richtete sich mit schlechtem Gewissen auf, als sie uns sah.
Ich sagte: »Aber Margriterl, wo warst du denn?«
Und sie sagte: »Opapa gehn Wien, weit dort unten.«
Das heißt, sie wollte zum Großvater nach Wien gehen.
Als ich das meinem Vater erzählte, kamen ihm die Tränen.
Und ich erzähle jetzt nicht noch einmal, wie wunderbar gut mein Vater war, wie herzlich, sonst kommen mir die Tränen.
Es war eine große Liebe zwischen beiden.
Wenn wir im Zug saßen, sagte Gritli: »Warum macht der Zug im Oppapa Oppapa Oppapa?«

Ich hätte mein zweites Kind am liebsten in der Almhütte zur Welt gebracht, aber in den letzten Tagen vor der Geburt kamen mir doch Bedenken: der fehlende fachgerechte Beistand, Komplikationen.

Wir zogen dann zu dritt, mit Margriterl, in ein Hotel in Wolfsberg, um dort die Wehen abzuwarten.
Sie kamen nicht, und ich war ungehalten.

Um uns zu zerstreuen, ging mein Mann mit mir in die einzige Bar des Ortes.
Ein alter Klavierspieler spielte immer das gleiche: »Du bist die Rose vom Wörthersee, dulidulіöh, duliöh.«
Mein Mann trank einen winzigen Schluck Himbeergeist. Er sog ihn mehr mit der Nase ein als mit dem Mund. Rauchen war ihm zutiefst zuwider.
Wir gingen rasch wieder zurück, bevor Gritli etwas merken konnte; denn sie fürchtete sich allein im Hotel.

Die Zeit verging sehr langsam; als die Wehen dann endlich in der Nacht anfingen, sprang ich aus dem Bett und machte Turnübungen, damit sie ja weitergingen.
Mein Mann, aufgewacht, fragte: »Was machst du?«
Ich sagte: »Die Wehen haben eingesetzt, ich will nicht, daß sie wieder aufhören. Es ist so langweilig hier.«
Er lachte.
Wir waren ja damals selber noch Kinder.
Am Morgen zogen wir uns an und gingen ein Stück auf die Koalpe hinauf – eine herrliche Berggegend in der Nähe von Wolfsberg; es war ein wunderbarer Herbsttag.
Aber dann drängte mein Mann mich ins Spital.

Wir gingen zurück nach Wolfsberg. Im Landeskrankenhaus empfing uns Dr. Mann, der uns bekannt war. Dieser Frauenarzt hatte viel Humor. Er schenkte Margriterl einen kleinen Krampus und sagte: »Beiß nur hinein, dann wirst du schon draufkommen, wie süß die Sünden sind.«
Margriterl schmeckte die Schokolade natürlich gut; ob sie dabei schon irgendwelche Sünden geahnt hat, weiß ich natürlich nicht.

Gegen zehn Uhr am Vormittag kam unser Junge zur Welt.

Mein Mann war bei der Geburt dabei. Das war etwas Besonderes, und er hatte dafür eine außergewöhnliche Erlaubnis erhalten.
Es gab Komplikationen. Eine schwere Geburt, für die ich hauptsächlich die Hebamme verantwortlich mache.
Es muß schrecklich auf meinen Mann gewirkt haben; sein geliebtes Wesen lag unter Schmerzen und Schreien.

Daß Kinderkriegen ein Schmerzensaufschrei der Kreatur ist oder sein kann, wußte damals kaum ein Mann. Und mein Mann war ein besonderer Romantiker.
Er hat auch in seinen Werken die Schmerzen nur heroisch, aus der Entfernung, wahrgenommen.

Mein Mann, der meine Hand hielt und litt, mehr als ich, weil er mich verteidigen wollte, sah dann auch noch, daß es plötzlich zu schneien anfing: große dicke Flocken.
Von da an hatte mein Mann eine gewisse Abwehr gegen das kleine Wesen. Leider ist ihm das sein ganzes Leben lang geblieben. Er konnte eben unerbittlich sein. Seine Liebe war groß. Seine Verachtung nicht minder.

Die Hebamme, die großen Respekt vor dem Chefarzt hatte und unter gar keinen Umständen bei einer Bekannten von ihm einen Fehler machen wollte, hatte meinen Damm übereifrig gestützt, so daß er nach oben hin eingerissen wurde. Es war auch noch eine Vene gerissen, und Carl hat lange einen kleinen Geburtsfehler am Ohr behalten, bis er ihn operativ entfernen ließ.

Hermann Carl Maria – wie wir ihn taufen ließen – hat es schwer gehabt, nicht mit mir, aber mit seinem Vater.
Carl – so nannte er sich später, als er in die Welt aufbrach – kam für alles und bei jeder Gelegenheit zu spät zu seinem Vater, wenn der längst wieder arbeiten wollte und ungehalten über die Störung war.
Sprach Carl dann von der Mutter, die ihm das oder das

gegeben oder gewährt hatte, verstärkte das noch den ungerechten biblischen Zorn des Vaters.

Wie Maria, die uns früh durch den Film »genommen« wurde, brach auch er in sehr jungen Jahren von zu Hause auf. Er hatte Kontakt gefunden zu Schauspielern, die ihm in Frankreich die Türen öffneten.
Dort war es nach dem Krieg für einen Deutschen nicht leicht, Fuß zu fassen. Aber Carl wollte es unbedingt. Und er hat es geschafft. Er hat in Paris Theater gespielt.

Aber etwas wurde auch deutlich: er konnte dem strengen Schauspielbetrieb nicht viel abgewinnen. Er wäre lieber Musiker geworden.
Vor unserer Flucht in die Schweiz – so nannte er das, nicht ganz zu Unrecht – war er noch zu jung für das Klavier, hatte aber schon annehmliche Versuche unternommen und spielte leichte kleine Stücke.
Und in der Schweiz gab es Not, aber kein Klavier.
Als es eins gab, einen kleinen Klimperkasten, den Maximilian mehr nutzte als er, da trieb es ihn in die Welt hinaus.

Er hat später komponiert, aber ohne Grundlage, ohne Ausbildung. Er ist musikalisch wie meine Mutter, aber ohne deren Ehrgeiz und Verbissenheit; wofür ich dankbar bin, denn durch die Auflösung in die Kunst wurde sie krank.

In Frankreich hatte Carl Brasilianer kennengelernt, die ihn einluden, nach Rio zu kommen.
Als er in Rio ankam, hatte die Filmfirma, die ihn unter Vertrag nehmen wollte, pleite gemacht. Er hatte ein Ticket zurück, aber sonst nichts. Er verkaufte das Ticket, was damals möglich war, und versuchte Fuß zu fassen.
Er wagte einen neuen Anfang und schrieb uns, daß er durchhalten wolle. Der Wille, sich zu behaupten, sich zu beweisen.

Darin ist er seinem Vater so ähnlich, der sich auch immer beweisen wollte, dabei aber durch seinen Stolz und seine Zurückhaltung gebremst wurde.

Portugiesisch zu lernen ist nicht leicht – und dann noch als Fremder Schauspieler zu sein in einem Land, in dem das Theater improvisatorisch auf der Straße abläuft; in unzähligen Briefen hat er mir geschrieben: Theater in Brasilien ist wie Raben füttern im Polarkreis.
Eine staatliche Förderung der Künste gab es dort nicht.
Aber Carl spielte trotzdem, spielte Rollen in der Sprache des Landes, war sogar für einige Zeit als Professor an der Academia de Arte, Leiter des Club International de Arte Dramatica und Künstlerischer Leiter beim Film in São Paulo. Aber er hat immer nur abschätzig gesagt: Ich bin ein brasilianischer Professor für Schauspielkunst.
Was er wirklich geleistet hat, um innerhalb von vier Jahren in einem fremden Land, in einer fremden Sprache zur Ausbildung von Schauspielern berufen zu werden, hat er immer verschwiegen oder heruntergespielt.
Statt dessen hat er erwähnt, daß er und seine Gruppe, die sich um ihn gebildet hatte, mit dem kleinen Café, das sie im Theater betrieben, reich geworden wären. Aber als Verwalter des Unternehmens habe er das Geld von dem Café in eine Bar investiert und sei damit pleite gegangen.
Ja, so ist er, er übertreibt und untertreibt, genau wie mein Mann. Ich weiß nicht, warum die beiden sich nicht verstanden haben, als sie miteinander reden konnten und einer den anderen deutlich vor Augen hatte.

Da es Spätherbst war – am 14. November war die Geburt –, gingen wir schon bald darauf wieder nach Wien, wo mein Vater mit großer Liebe Weihnachten vorbereitete. Er hatte sich ausgedacht, daß das Gritl ganz bestimmt eine große Freude hätte, wenn sie eine Puppe bekäme, die genauso einen Anzug anhätte wie das kleine Bruderle.

Und sie jubelte tatsächlich, als sie zu Weihnachten so ein Puppen-Bruderle bekam.

Kurz nach Heiligabend saß ich draußen und stillte den Carl, worauf Gritli mit ihrer Puppe ankam, ihn wegstieß, ihre Puppe an meine Brust legte und sagte: »Bruderle auch Gischgasch essen bei der Mutti.«
Als dann die Jüngste kam, die Immy, haben wir ein Foto gemacht, wo Maria eine richtige kleine Mutti ist.

Vom Grüßgottsagen und Kinderkriegen

An einem der ersten Frühlingstage begrüßte uns auf dem Weg zur Alm der Kuckuck. Wir waren höflich und grüßten zurück. Und es schien, als antworte der Kuckuck.
Es heißt, man muß sein Geld in der Tasche beuteln, wenn man den Kuckuck zum ersten Mal im Jahr hört. Aber wir hatten nichts zu schütteln; auch später nicht, das ganze Jahr über.

Das hat uns nicht viel ausgemacht. Geld hat mir nie imponiert: wenn ich's hatte und wenn ich's nicht hatte. Es war nicht wichtig.
Wir kamen aus Wien. Der Bauer, gleichzeitig unser Pächter, hieß uns sehr herzlich willkommen. Wir grüßten zurück und freuten uns.
Nur Margriterl blieb stumm. »Sag schön Grüß Gott!«
Worauf sie nur lächelte, mich ansah und dabei einen solchen Hochmut zur Schau stellte, daß ich das nicht begreifen konnte. Sie hatte nie, weder bei meinem Mann, noch bei mir, Hochmut oder Geringschätzung gesehen.
Sie erklärte: »'s Gitti kann nix Grüß Gott sagen!«
»Ja«, meinte ich darauf, »das gibt's manchmal, manchmal kann man nicht Grüß Gott sagen. Geh du jetzt auf dein Zimmerle hinauf und warte dort, bis du Grüß Gott sagen kannst. Dann kommst du herunter, wenn du es kannst.«

Ich glaube, es hat vier oder fünf Stunden gedauert, bis dieser Hochmut in ihr niedergekämpft war, und dann kam

sie und sagte: »Jetzt kann Gitti Grüß Gott sagen.«
Sie stapfte hinaus und ging Grüß Gott sagen.

Der Frühling strebte in den Sommer; wir übernahmen den Duft der Enziane, ein starker Duft, wenn sie langsam verwelken. Das war unser Parfüm.
Mit dem Sommer kam die Arnika, ein scharfer, herrlich würziger Duft um die Hütte herum. Eine Fabrik für Wohlgeruch nur für uns.

Wie alle Kinder lag der kleine Carl auch tagsüber im Wäschekorb, der weich und wohlig ausgestattet war.
Das Geborgensein in der Natur, bei allen Kindern vorhanden, kommt wohl aus diesen ersten Eindrücken.
Bei Carl ist diese Naturliebe am ausgeprägtesten. Er ist schon mehr als ein Hobbybotaniker.
Sein Palmengarten im Tessin ist der größte in der nördlichen Breite. Er schreibt gerade an einem Buch über Palmen.
Jedesmal, wenn er nach München kommt, kauft er sich eine Jahreskarte für den Botanischen Garten. Er liebt die Bäume, die exotischen und die einheimischen, weiß viel über Pflanzen und Bäume.

Mein Mann hatte ein Gedicht verkauft. Es gab fünf Franken. Hier ist es, von mir aus dem Gedächtnis zitiert:
»Rings wird es still, / das Licht verglüht, / ein Windhauch durch die Wälder zieht. / Die Seele fühlt, / wie alles schweigt / und sich der Tag / zu Ende neigt. / Sie hofft, bewegt und sehnsuchtsschwer, / daß sie einst sterben kann / wie er.«

Die fünf Franken waren damals nicht so wenig, wie es sich heute anhört. Immerhin haben wir vom Erlös eines anderen Gedichtes, auch fünf Franken, unsere Hochzeitsringe kaufen können; schmale Ringe zwar, aber es hat genügt.

Unsere Lebensmittel – also alles, was uns der Garten und die Ziege nicht gaben – bezogen wir ja damals aus dem Dorf auf Rechnung, die wir erst im Herbst aus dem Erlös der Beeren und Pilze bezahlen mußten. So waren die Sommermonate ziemlich sorglos. Wir haben übrigens jedes Jahr mehrere hundert Kilo Preiselbeeren verschickt, um nur mal die Menge zu bezeichnen.

Ich erinnere mich, daß ich damals lieber keinen Grieß in der Milch kochte, sondern nur Mehl, weil es billiger war. Oder die Kinder bekamen Maisgrieß, Polenta, zum Frühstück und Kakao, weil's natürlich auch billiger war und einfacher, als die schweren Brotlaibe heraufzuschleppen.
Es gab natürlich bei uns auch Brot zu essen, aber selten Butter, meistens mit Schmalz, weil auch das billiger war.

Noch heute essen meine Kinder gern Schmalzbrote, trinken Kakao und essen Polenta dazu; besonders, wenn wir uns im Sommer auf der Alm treffen. Nur nehmen wir heute unsere Mahlzeiten in der großen Stube des Bauernhauses ein, wo Gusti meisterlich den Kochlöffel wie ein Zepter schwingt.
Maximilian hat sie einmal als Überraschungsgast in einer Fernsehsendung einem Millionenpublikum vorgestellt. Wohl auch als Dank von uns allen ihr gegenüber. Obwohl sie noch nie vor einer Fernsehkamera gestanden hat, war sie so natürlich und herzlich wie in ihrer Stube auf der Alm.

Damals nahmen die Kinder ihr Frühstück hinter dem Jungwald ein, wodurch mein Mann ungestört war beim Schreiben. Sie spielten dann auch da, als sie größer wurden.
Es gab noch keine Plastikspielsachen, so waren die Tannenzapfen ihre Kühe. Zäune aus dürren Zweigen schützten die Kühe vor räuberischen Wölfen oder auch vor Angriffen von Riesen.

Ich glaube, ein großer Teil ihrer späteren Phantasie und Gestaltungskraft hat in diesen Spielen seine Wurzeln.

Meine Schwiegermutter, die immer nur Buben aufgezogen hatte, spürte große Sehnsucht, ihr erstes Enkel kennenzulernen. Mein Mann und ich beschlossen, es ihr auf einige Zeit zu schicken. Ich fand es auch richtig, daß die Kinder die Schweiz kennenlernten; denn schließlich sind sie Schweizer Bürger. Daß wir dann später alle in die Schweiz ziehen mußten, wußten wir damals noch nicht.

Gritl fuhr mit Bekannten bis zur Grenze, dort saß sie auf ihrem Rucksack und wartete.
Als nun meine Schwiegermutter kam, fragte Gritl gleich einschmeichelnd freundlich: »Bist du die Schweizer Großmutter?« So als würde sie sie schon lange kennen.
Worauf meine Schwiegermutter sie sofort gerührt in ihr Herz schloß.
Im Eisenbahnwaggon hat Maria dann auf wienerisch die abenteuerlichsten Geschichten von ihrem Bruder erzählt; alle lachten, alle waren begeistert über die Phantasie und Aufgewecktheit des Kindes. Maria war damals schon – und ist es heute noch – ein geselliger, lebensfroher Mensch. Daß sie sich 1991 das Leben nehmen wollte, habe ich nicht verstanden. Es ist auch nicht meine Aufgabe, das zu erklären; sie wird es selber tun, wenn sie es richtig weiß.

Sie fuhr also damals in den Kanton Schwyz und blieb eine Zeitlang bei meiner Schwiegermutter. Dann kam sie zur Tante Elise, einer Schwester meiner Schwiegermutter, die in der Stadt Schwyz selbst wohnte. Tante Elise war ein altes Jungfräulein, unglaublich sauber und reinlich.
In ihrer kleinen Wohnung lebte auch der Opapa. Er war schon über neunzig, sehr temperamentvoll und liebte temperamentvolle Menschen; da kam ihm die kleine Maria gerade recht.

Vielleicht hat er mit Maria damals ähnliche Spiele gespielt, wie sie sie jetzt mit der kleinen Fine veranstaltet.
Nur nichts auslassen, wenn man toben kann. Und wenn ein bißchen Schock-Igittigitt dabei ist, um so lieber, um so toller.

In Schwyz vermißte Maria wohl ein wenig ihr Brüderchen. Und so wollte sie eins haben. Hier, auf der Stelle und möglichst sofort.
Darüber war die Tante Elise etwas ratlos, rettete sich aber mit dem Einfall, der Eremit könne ihr eins verschaffen.
Der Eremit war ein Waldbruder, der sehr einfach am Rande der Stadt lebte.
Wie bei uns der Storch, so brachte in Schwyz der Eremit die Kinder, die er unter einem Stein verborgen hielt.

Mit den größeren Kindern zog also Maria zum Eremiten und erklärte, sie wolle gern ein Geschwisterli haben.
Der Waldbruder fragte: »Ja, hast du denn auch Geld, wenn du ein Brüderli oder ein Schwesterli kaufen willst?«
Worauf Maria sehr stolz ein Zehn-Rappen-Stück herauszog und es ihm gab.
Daraufhin der Waldbruder: »Für ein ganzes Kind ist das aber ein bißchen wenig.«
Maria versprach, mehr zu bringen.
Aber fürs Geld, hatte die Tante beschlossen, muß der Mensch arbeiten. Geschenkt bekommt man es nicht, weil es dann keinen Wert hat.
Also mußte Maria abspülen und sonstige kleine Arbeiten verrichten, damit sie Geld für ihr Kind bekam.

Als sie es hatte, ging sie mit einem Blumenstrauß und nun eben einem größeren Geldstück zum Eremiten und fragte, ob es jetzt genug sei.
»Na ja«, sagte der, »wir werden schauen. Und in der

Zwischenzeit werden wir beten miteinander, und dann werden wir ein Kind kriegen.«

Die Angelegenheit war also nur mit mehr Geld zu lösen, also noch mal mehr Abspülen und dann endlich: »Jetzt ist es aber genug Geld, jetzt soll es ein Kind werden.«
Er sagte: »Fahr du nur nach Wien, Weihnachten kriegst du dann ein Baby.«
»Kann ich es nicht gleich mitnehmen. Ich fahr sowieso nach Wien, da ist es einfacher und kein doppelter Weg.«

Aber sie mußte allein fahren, es sollte nachgeschickt werden.

Marias Leidenschaft fürs Kinderherbeibeten oder Kindermachen, wie sie es, glaube ich, wohl nannte, hat angehalten, bis sie ungefähr sieben oder acht Jahre alt war. Mir wurde die Angelegenheit etwas unheimlich; daß ich es ihr verbot, kam so.

Zunächst blühte ihre Macht, die sie über neues Leben hatte, mächtig auf. Es ging längst nicht mehr um Geld. Es waren geistige Kräfte, die sie mehr interessierten. Unterstützung holte sie durch Beten.
Manche schwangeren Frauen waren ganz versessen darauf, die Unterstützung von Maria zu haben. So die Bäuerin, die unbedingt ein Mädl haben wollte und sich mit diesem Wunsch an Maria wandte.
Mit dem Ernst einer Heiligen setzte Maria sich auf einen alten Stein unten am Weg und betete den Rosenkranz, wie sie es bei dem Eremiten oder in der Kapelle bei Schwyz gesehen hatte.
Wenn ich sie was fragte, verbot sie sich Einmischung in eine wichtige, nur ihr verfügbare Angelegenheit.

Oder sie gab leutselig zu verstehen, sie habe Kinder unter einem Stein und müsse beten, um sie herauszubekommen.

Als die Bäuerin dann tatsächlich ein Mädl bekam, ging der Spuk verstärkt weiter.
Maria machte prächtig Propaganda für ihre Künste, von denen sie überzeugt war.
Als eine Freundin von mir zu Besuch war, flüsterte Maria einem Mädl aus der Nachbarschaft zu: »Der mach ich auch ein Kind.«
Meine Freundin hörte das und sagte, das ginge leider nicht, da sie nicht verheiratet sei.
Aber eine andere, eine Engländerin, die bei meiner Freundin in Stellung war, wünsche sich eins. »Also schau, daß du es hinkriegst.«

Und als tatsächlich ein Kind kam, war Maria sehr eingebildet, weil sie fest glaubte, sie habe überhaupt alle Kinder gemacht.
So erklärte sie eines Tages, sie habe der Beppi ein Kind gemacht. Beppi war unser Hausmädchen, und als die dann kam und sagte, sie bekomme ein Kind, da wurde ich energisch: »Also Margriterl, jetzt hörst du auf, jetzt gibt's keine Kinder mehr.«

Ob sie damals beim Kindermachen über Informationen verfügte, die aus Gesprächen von Erwachsenen herrührten, weiß ich nicht. Wir haben das Thema dann nicht mehr behandelt.

Doch wieder Theater

Über meinem naturverbundenen, familiären Leben war ich dem Theater etwas abhanden gekommen.

Unsere Kontakte zu Theaterleuten waren aber nie ganz abgerissen. Mein Mann schrieb für das Theater, und es mußte ihm daran gelegen sein, Kontakte zu pflegen, was ihm nicht leichtfiel, weil er am liebsten dichtete und dabei allein sein wollte und ungestört.

So erwogen wir immer wieder gesprächsweise meine Rückkehr zum Theater, zumal das ja auch vom Finanziellen her immer dringender wurde, denn mein Mann verdiente sehr wenig.
Ende der zwanziger Jahre bekam ich ein Angebot des Stadttheaters Aussig an der Elbe, und ich schloß mit Einverständnis meines Mannes einen Gastspielvertrag als Sentimentale ab. Verträge wurden ja damals noch nach Rollenfächern abgeschlossen, und ich sollte Gretchen, Luise und Hero spielen.

Mein Rollenstudium hatte ich kräftig ausgebaut, so daß ich etwa vier Stunden am Tag für das Theater arbeitete: Sprechübungen und das ganze Handwerkszeug, das eine Schauspielerin braucht.
Carl konnte bei der Großmama in Wien unterkommen; wir nannten sie so, obwohl sie strenggenommen die Großtante war, eine Schwester meines Vaters.

Maria war bei der Großmutter in der Schweiz und sollte dann zu Tante Paula nach Preßburg.

Also fuhren wir, mein Mann und ich, nach Aussig. Das dortige Stadttheater hatte einen Zweispartenbetrieb, also Oper, Operette und Schauspiel, und es war eine deutschsprachige Bühne, wo sehr gute Schauspieler engagiert waren. Unter anderem auch Albin Skoda, der später am Burgtheater in Wien die jugendlichen Liebhaber spielte.
Es war eine wunderbare Zeit. Ich glich einem Pferd, das lange auf der Weide gestanden hatte und nun voll Kraft und Energie an die Arbeit ging.

Das Beispiel vom Pferd fällt mir deswegen ein, weil ich in Aussig auch Reitunterricht nahm, eine willkommene Abwechslung, die einzige in einem sonst recht strengen Ablauf von Proben tagsüber und Spielen am Abend, dem üblichen Tageslauf eben. Trotz harter Arbeit, oder gerade deswegen, ich war glücklich. Es war Theater. Endlich wieder! Es war ein Teil meines Lebens, verloren geglaubt, und nun war es wieder da.

Von den gesellschaftlichen Spannungen bekamen wir nicht allzuviel mit; doch es reichte, um den aufschäumenden Nationalgedanken besonders in dieser Randzone des Reiches zu spüren und auch zu beobachten, wie die Tschechen verunsichert waren und nun ihrerseits zu nationalen Bekundungen Anlaß sahen.
Mein Mann, der ein sehr freiheitlich gesinnter Mensch war und überhaupt jeden Nationalismus ablehnte, verstrickte sich in heftige Diskussionen.
Und mein Kollege Skoda geriet durch eine kleine Bemerkung in den Verdacht des Landesverrates.
»Geben Sie mir einen Kolatschen!« hatte er gesagt.

Im Theater überwogen die liberalen Kräfte, und es kam zu wundervollen Aufführungen.

Natürlich hatte ich manches Mal großes Heimweh nach meinen Kindern. Als ich nach drei Monaten nach Wien zurückkehrte, eilte ich sofort in die Wohnung meines Vaters, um den Kleinen zu umarmen.
Als ich ihn zum letzten Mal gesehen hatte, konnte er gerade Papa und Mama sagen. Nun stand er am Gitterbettchen, und als ich ihn begrüßte: »Burlischatzi, die Mutti ist wieder da!«, blieb er aufmerksam schauend stehen und sagte schließlich: »Jetzt werd ich nicht mehr weinen, wenn die großen Leute wegfahren und dann doch wiederkommen.«
Ich schloß ihn in die Arme und weinte.

Wiedersehensfreude und schlechtes Gewissen, ja auch das. Es ist mir lange geblieben, und ich mußte es tapfer bekämpfen; aber wovon sollten wir leben, wenn ich nicht spielte? Ich mußte doch arbeiten.

Am nächsten Tag sagte ich zu Carl: »Du, Burlischatzi, wir gehen jetzt das Margriterl holen, nach Preßburg.«
Fragte er: »Mit der Preßburger Elektrischen?«
»Nein, mit dem Schiff.«
Darauf der Kleine: »Das ist ja angebunden.«
Ich war wirklich verblüfft über seine Antworten und die gewählte Sprache des Kindes.

Wir fuhren also mit dem Schiff nach Preßburg, und Carl freute sich, als es losgemacht wurde und mit uns abfuhr.
Auf der Zollstation holte uns Tante Paula ab.
Margriterl durchbrach alle Sperren, als sie uns erblickte und auch ihr Brüderchen sah. »Ja, mein Bruderle, bist du groß geworden. Ja, meine Bruderle, bist du wieder da.«
Leute vom Zoll und Passanten bildeten einen Kreis um die herzlich sich begrüßenden Kinder, die zart und stürmisch miteinander umgingen.

Preßburg war damals eine elegante Garnisonstadt, gehörte noch zu Ungarn, bis sie dann im »Tausendjährigen Reich« zerstört wurde. Damals leuchtete alles verschlafen und stolz: die eleganten Häuser, das Spielcasino. Wir gingen durch enge Straßen, vorbei an den wie herausgeputzt strahlenden Weingärten, eben bis zur Wohnung der Tante Paula.
Sie war die ältere Schwester von meinem Vater. Da meine sehr schöne Großmutter sehr früh gestorben war, übernahm sie die Erziehung der sieben jüngeren Geschwister.

Ich hatte sie nicht sehr geliebt als Kind, weil sie sehr streng war. Und uns immer erklärte: »Wenn ihr meine Kinder wäret, würdet ihr ganz anders erzogen.«
Ich sah darin vor allem eine Verletzung meines Vaters, der doch seine Sache wirklich wunderbar machte, wie ich auch heute noch finde. Denn ich habe nie mehr einen Mann kennengelernt, der einen so natürlichen, herzlichen, dabei aber nicht autoritätslosen Umgang mit Kindern hatte, wie er; und dafür wurde er von ihnen geliebt.

Inzwischen hatte sich mein Verhältnis zu Tante Paula gebessert, es ist sogar über die Jahre herzlich geworden, weil sie immer mal wieder bereit war, meine Kinder bei sich aufzunehmen, wenn ich im Engagement war.
Tante Paula war kinderlos. Sie hat, als sie schon nicht mehr jung war, einen Offizier geheiratet, einen von Grasbeck von Wiesenbach, der aber dann fiel.
Den Tod konnte die Tante fast nicht verwinden.
Sie ist im Krieg Rotkreuzschwester gewesen, eine sehr tüchtige.

Margriterl war gerne bei ihr und der Stolz der ganzen Bekanntschaft, weil sie herzig erzählen und so erstaunlich vortrefflich als Dame sich aufführen konnte.

Tante Paula liebte Festlichkeit, und die Kleine spielte keck mit ihr.
Margriterl saß also herausgeputzt an der Tafel, eine kleine Prinzessin unter einem großen Ölbild, das ein Schloß darstellte.
Es war ein schönes Schloß, ein Turm wurde durch eine Lampe beleuchtet, und es spielte Musik, wenn man eine Schnur zog.

Es war eines von vier Schlössern, die meine andere Großmutter nach dem Tod ihres Mannes an der Börse verspekulierte.
Von dieser Großmutter wurden lustige Geschichten erzählt. Und später wußte eine Bekannte, die im selben Haus wohnte, zu berichten: »Sie hatte einen Hund, die gnädige Frau, der immer Galoschen anziehen mußte, wenn er auf die Straße ging.«
Für meine phantasievollen Kinder wurde der Galoschenhund natürlich noch im nachhinein zu einem Fabelwesen.
Sie hatte überhaupt einen beachtlichen Adelstick, was wohl daran lag, daß sie selber von Geburt nicht adlig war, es erst durch die Heirat wurde.

Im Februar fuhren wir dann wieder nach Aussig, um den zweiten Teil meines Gastspielvertrages zu erfüllen.
Diesmal geriet ich an einen jungen, ehrgeizzerfressenen Regisseur. Der fand, daß ich im dünnen Hemdchen meinen Charakter besser zum Ausdruck bringen könne. Da war ich nun ganz und gar anderer Meinung, weil für mich, auch heute noch, der nackte Mensch auf der Bühne kein Ausdrucksmittel ist. So bestand ich also auf meinem Vertrag, nicht in Dessous auftreten zu müssen.
Daraufhin rannte der Regisseur zum Direktor und lamentierte, es sei unmöglich, daß ein solcher Vertrag überhaupt abgeschlossen würde. Er beschränke seine künstlerische Freiheit.

Der Direktor aber mußte bestätigen, daß der Vertrag von ihm so abgeschlossen worden war.
Der Regisseur mußte nachgeben.

Es kamen die Osterfeiertage, und wir verbrachten sie im Riesengebirge, um einmal kurz durchzuschnaufen.
Wir waren ausgelassen, voller Freude und Überschwang, mein Mann und ich.
Ich erinnere mich, daß wir eines Nachts in unserer Tollerei und stürmischen Umarmung plötzlich in den Bruchstükken unseres Bettes saßen. Wir waren froh, jetzt hörte wenigstens das gräßliche Quietschen auf. Für den Rest der Nacht bereiteten wir das Lager auf dem Boden.

Drei Tage darauf war mir schlecht und ich dachte, das seien die Quargeln, die ich am Tag zuvor mit großem Appetit gegessen hatte.
Ich machte dem Wirt Vorwürfe. Der lächelte, als denke er an das zusammengekrachte Bett.
Als die Übelkeit nicht nachließ, ging ich zum Arzt, der dann feststellte, daß ich schwanger war. Maximilian war unterwegs.

Von Aussig muß ich bei aller Bescheidenheit einen großen Erfolg melden. Es war *Des Meeres und der Liebe Wellen* von Grillparzer, worin ich mit Skoda zusammen spielte. Unser Erfolg war so groß, daß immer wieder Vorstellungen der Operette abgezwackt werden mußten. Die Leute waren tief beeindruckt, und es zeigte sich, das Stück ist schön und gut und voll heimlichem Beben, wenn die richtige Hero gefunden ist.

Mein Mann, der einen wunderschönen Tenor mit baritonaler Färbung besaß, trällerte aus Franz Lehárs damals neuer und noch heute viel gespielter Operette *Das Land des Lächelns* das Lied »Dein ist mein ganzes Herz...«
Als der Regisseur der Operette in der Kantine hörte, wie

mein Mann mich ansang, war er so begeistert von seiner Stimme, daß er ihm versprach, ihn nach zwei Monaten so herauszustellen, daß jeder glaube, einen ausgebildeten Operettentenor vor sich zu haben.
Leider war mein Mann aber so überzeugt von seiner Mission als Dichter, daß er diesen Vorschlag ablehnte.

Über die Dame mit der Peitsche berichte ich nicht gerne.
Die Angelegenheit hat mir sehr zugesetzt und mich anschließend arg in Depressionen versinken lassen. Es ergaben sich Zweifel an allem und große Verwirrung.
Mein Mann arbeitete viel, unendlich viel. Das hat er immer getan. Aber die Zeit in Aussig hatte ihn auch sehr aufgekratzt. Das Theater war nahe und auch die Damen. Verständlich, daß da ein Dichter nicht immer nur dichten kann, sondern auch Anregung und Aufmunterung braucht.

Er las also vor, weil ich ja wenig Zeit hatte, andere Damen aber schon. Und wenn er las, konnte man durchaus weich werden. Ich verzieh ihm seinen Damenflor, wie man das eben so tut, halb geschmeichelt, weil die Aufmerksamkeit ja dem eigenen Manne gilt, halb auch verwirrt.
Aber wir hatten unsere Versprechen. Ich hatte ihm die Treue geschworen und er mir. Wir waren uns treu!
Was also sollte schon dabei sein, wenn der Dichter nach Musen Ausschau hielt.

Und eine von denen war eben besagte Dame, die Frau des ehrgeizigen Schauspielregisseurs. Sie lockte meinen Mann mit intellektuellen Gesprächen, wie er nachher sagte, lockte ihn dann zu einem abendlichen Rendezvous und fiel dort mit einer Peitsche über ihn her.
Der Mann erschien wie auf Stichwort.
Es gab einen Skandal.

Und es kam zu einem Prozeß. Dabei gab es Verfahrensfehler, so daß sich alles lang hinzog und nichts entschieden wurde; außer daß eben alles ein Skandal war, dessen Unerfreulichkeiten mich sehr erschütterten, so daß es Nächte gab, in denen ich keine Sekunde schlafen konnte.

Maximilian und Immy, der Prinz und die Prinzessin

Es ist in keiner Familie so, daß alle Kinder gleich behandelt werden. Auch Mütter machen Fehler in ihrer Liebeszuwendung. Obwohl ich mich immer bemüht habe, in dieser Hinsicht gerecht und gleichmäßig zu sein, ist mir das sicher nicht gelungen.
Im nachhinein läßt sich sagen, wenn man so etwas überhaupt sagen kann: Maria und Carl sind Mutterkinder, Maximilian und Immy Vaterkinder.
Wir waren ja beide noch sehr jung, als wir heirateten. Und mein Mann hat sicher länger gebraucht, sich in seiner Vaterrolle zurechtzufinden. Da hatten die beiden letzten es leichter bei ihm und mit ihm. Ich habe mich um Ausgleich bemüht; bin aber nicht sicher, ob ich Immy nicht ihre fanatische Liebe – naja, das sage ich jetzt so – zum Vater geneidet habe.
Es gab, als sie heranwuchs, andere Probleme und sicher auch eine andere Art von Eifersucht und Zusammenleben.

Mein Mann war mit dem, was er erreichte, keineswegs erfolglos. Der Ertrag war nur nie so groß, daß es auch nur in Betracht kam, eine Familie davon durchzubringen. Dafür mußte ich arbeiten und sorgen, zu Hause und im Beruf. Damals gab es noch keinen Hausmann. Und mein Mann hätte sich auch geweigert, einer zu sein. Er war ein Dichter. Und nur das wollte er wirklich sein. Dafür hat er gelebt.

Wenn ich sage, daß Maximilian und Immy mehr Vaterkin-

der waren, dann heißt das nicht, daß es wirklich einen Riß in der Familie gab oder auch jetzt geben könnte. Wir haben gelernt zusammenzustehen, weil die Not lange unser unerbittlicher Gegner war.
Dabei war die Not nie zum Greifen nah; ich habe sie uns immer vom Leib gehalten, so gut ich konnte. Das hat mich vielleicht geprägt, hat mir ein Schöntun verschafft, das ich vielleicht an meine Kinder weitergegeben habe. Es sollte nie wirklich schrecklich sein. Und es muß ja auch nie wirklich schrecklich sein, wenn man zusammen ist, zusammenhält, das, was einem vor den Füßen brennt, entfernt und langsam immer wieder Hoffnung für den Himmel gewinnt, der nicht nur auf der Alm blau ist.

Da war sie wieder, die Alm, wie so oft und so oft noch. Als wir von Aussig auf die Alm zurückkehrten, lagen die Schrecken im Nebel, alle Intrigen weit hinter uns. Wir stärkten uns an der normalen Freundlichkeit des Grases, dem Summen der Bienen und Insekten, hörten die Vögel und genossen die Düfte, die wie für uns gemacht waren.
Trotz unserer Einkünfte verschmähten wir nicht das gewohnte Tagwerk. Die Beeren glühten uns entgegen. Wir pflückten sie. Als die Pilze kamen, nahmen wir auch sie.
Wir waren wieder ein Teil der Natur. Und wir nahmen, was sie uns gab.

Im Dezember dieses ereignisreichen Jahres kam dann mein zweiter Junge auf die Welt, und ich werde nie vergessen, mit welch verklärtem Gesicht mein Mann ihn vom ersten Augenblick an betrachtete.
Ich wurde vom Kreißsaal zurückgebracht, und Hermann saß da mit dem Kind im Arm und schaute selig.
Es durfte von Anfang an machen, was es wollte.
Der Vater lauschte auf jeden Laut des Kindes. Sogar seine Stimme veränderte sich, wenn er mit ihm sprach.
Maximilian sollte er heißen, und so wurde er getauft, nach

dem Schweizer Gesandten Dr. Maximilian Jäger, einem großen Verehrer des Werkes meines Mannes.

Mein Mann schrieb ein Wiegenlied für Maximilian, auch das zitiere ich aus dem Gedächtnis:

»Du bist mein kleines Königskind, / nur du hast solche Augen. / Ein Königskind, nur solches Haar / auch ohne Sonne golden klar. / Und solche Händchen, die so weiß / nur für ein Zepter taugen. / Du bist mein kleines Königskind, / nur du hast solch ein Herzchen. / Ein Königskind, nur solch Gemüt, / das Liebe, Güte, Anmut glüht, / ein Seelchen, das wohin's nur kommt, / ein Lichtlein bringt, / ein Kerzchen.«

Er war ja nicht der einzige Vater, der solch eine Liebe hat; sie schließt ja das andere nicht aus. Liebe ist nie gerecht. Sie überfällt einen. Das wußte ich.
Ich sprach später einmal mit ihm über eine andere solche Liebe, die in der Bibel steht; die Liebe von Jakob zu Joseph. Er sah mich an, erstaunt, fragend. Er sagte nichts, ließ mich reden, und während ich das tat, wurde mir klar, daß eine solche Liebe für den so Geliebten nicht einfach Glück und Bereicherung bedeutet. Eine solche Liebe ist auch immer eine Gefahr. Und wenn man sie besteht, hat man sich der Liebe würdig erwiesen.

Doch noch eine Kleinigkeit, die für meinen Mann eine große, stille Genugtuung war.
Maximilian veranlaßte, als er berühmt und stark genug war, die Herausgabe ausgewählter Gedichte von Hermann Ferdinand Schell in kleinen schönen Bänden bei einem Zürcher Verlag. Ich will damit sagen, der Sohn hat in der Liebe gelebt, sie aufgenommen, ihre Bedeutung erkannt und Dankbarkeit gezeigt. Er hat die Töne veröffentlicht, die in seinem Vater nicht nach außen drangen, sondern still und auch voll Schmerzen waren.

Da ich mit diesen Schmerzen verwoben war, habe ich die Bedeutung und Kraft seiner Aussage erst später bemerkt. Erst als sie still lagen und nicht mehr weh taten, habe ich die Gedichte genommen. Das war dann auch Maximilians Rede an mich, mit der Stimme seines Vaters.

Ich habe das Wiegenlied für Maximilian seinem kleinen Mädchen auf die Wiege gestickt; zu seiner großen Freude, als er schon über fünfzig war und sein erstes Kind bekam. Anastasia!
So lange hat der Weg der Liebe gebraucht, um im Irdischen Fuß zu fassen.
Es liegt ja in der Übertreibung der Liebe auch eine ungeheure Herausforderung, es immer noch besser zu machen.

Es mag ja nicht alles in Gedichten festgehalten sein, was mein Mann gedacht und empfunden hat, sicher nicht. Ein ungeheurer Schatz von kleinen, zusammengehefteten Zetteln wartet immer noch darauf, von der Welt gehoben zu werden; vielleicht ist darin das Zeitalter festgehalten, wie es besichtigt wurde von einem Mann, der Ungestüm, Leidenschaft, Freiheitsliebe ohne modische Einordnung vollzog.

Meinem älteren Sohn Carl hat er ein Gedicht geschrieben, das wie ein Trotzlied klingt, aber ihm gerade zu seinem sechzigsten Geburtstag wie auf den Leib geschrieben war.
Ein großer, orkanartiger Sturm hatte einen großen Teil seines Gartens auf die Straße hinuntergefegt. Das Wasser wollte fast alles wegschwemmen, so daß eine dreißig Meter lange Furt entstand. Ich sah Carl, wie er sich bückte und hob, wie er ruhig Stämme zurückschob, die sich zurückschieben ließen, wie er Erde zu retten versuchte, als das Wasser rauschte.

Und dies ist das Gedicht, auch wieder aus dem Gedächtnis:

»An meinen Sohn. / Sei wie die Sonne echt und licht / mit göttlich freiem Angesicht, / und laß sie höhnen, deine Bahn / zieh wärmend groß und frei hinan. / Gib ihnen manchmal Nacht. / Doch wenn sie rufen, schrei'n nach dir, / sei in der alten Feier Zier, / gleich offen aufgewacht. / Sei wie der Sturm, der Kronen bricht / und der nicht prüft und fragt. / Dem Heuchler mitten ins Gesicht / frisch froh zu blasen wag, / und schnattern sie dich unbequem und störrisch, / Kind, dann pfeif und laß dich immer mutig sehn, / nicht herzverkühlend steif. / Du hast vom Leben nur etwas, / wenn du es frei gelebt / und wenn du ohne Unterlaß zum bessern Ich gestrebt. / Selbst wenn du dran zugrunde gehst, / sieht es sich größer an, / wenn du auf deinem Posten stehst / noch als verlorner Mann. / Ob sie dich schief, ob göttlich sehn, / der Undank bleibt der Lohn. / Wag's groß und frei zugrund' zu gehn, / und sei mein echter Sohn!«

Es liegt viel in dem Gedicht von Vater und Sohn. Es reizt mich, vieles herauszunehmen, es mit meinen Worten zu vermischen, wie ich es früher getan habe. Früher schien mir das Dichten eine gemeinsame Sache. Und es war sicher auch viel, das er von mir aufgenommen hat.
Und ich war jungmädchenhaft stolz, verewigt zu werden.
Aber dann ist das Dichten über mich hinausgewachsen. Und er war zum Schluß auch nur noch ein einsamer Strauchdieb, wie ein blinder Seher.
Und Maximilian hat ihm entrissen, was wirklich groß und zeitlos war; aber wer weiß.
Der Meerfischer fischt auch nur das, was er erkennen kann.
Es liegt etwas Unbedingtes in diesem Gedicht. Und es trifft die Einstellung meines Mannes. Er hat es zum größten Teil seines Lebens auch beibehalten und verwirklicht.

Nun etwas, was ich nicht gerne sage. Ich sage vieles nicht

gerne, aber es hat ja inzwischen einen Zusammenhang, in dem ich nur ein Teil bin. Und so muß ich es sagen, so gut ich es weiß.
Ein gut befreundeter Frauenarzt hatte mir damals, als er mich in Aussig auf der Bühne gesehen und bewundert hatte, das für ihn nicht gefahrlose Angebot gemacht, mir das Kind zu nehmen. Er fand, daß ich mit meiner großen Begabung mein Leben kaputtmachte, wenn ich noch ein Kind haben würde.
Natürlich war ein solcher Eingriff gegen meine Lebensauffassung und auch gegen die meines Mannes. So kam Maximilian zur Welt.

Als wir erneut nach Aussig mußten, wo mein Vertrag weiter lief, schickte ich Margriterl wieder zu Tante Elise nach Schwyz, den kleinen Carl nahm meine Schwiegermutter in Basel auf. So daß wir also nur Maximilian mit nach Aussig nehmen mußten.
Dort gab ich ihn in ein Kinderheim. Dies sehr zum Verdruß des dortigen Arztes, der meinte: »Es wird gewiß etwas geschehen. Das Kind ist noch so klein.«
Und als Maximilian dann tatsächlich eine Augenentzündung bekam, war natürlich das Entsetzen sehr groß. Der Arzt behauptete: »Wenn man ein fremdes Kind nimmt, passiert etwas Unangenehmes.«

Aber die Entzündung war verhältnismäßig harmlos und ging bald vorüber. Zwischen Proben zu *Faust*, wo ich das Gretchen spielte, eilte ich ins Kinderheim und stillte den Kleinen.
Sehr bürgerlich ordentlich war das sicher nicht, eher nach Zigeunerart. Trotzdem, der Kleine gedieh prächtig, und das Gastspiel war ein Erfolg.

Darf eine Situation, egal auch welche, einen unterkriegen? Nein.

Ich war ein sehr, sehr gutes Gretchen in Aussig. Und die Frau mit der Peitsche konnte uns nichts mehr anhaben.

Im Juni ging es auf die Alm.
Endlich wieder im Paradies. Stille für alles.
Arbeit in den Beeren, danach in den Pilzen.

Es war mittlerweile 1934 und ich wieder in Erwartung.
Ich wußte, wie schwer meinem Vater die Zuwendungen für uns fielen. Er war ein so guter Vater, und er hat sich nie beschwert. So wollte ich ihm nicht sagen, daß ich wieder ein Kind erwartete.
Da fragte er mich eines Tages, was mit meinen Füßen sei.
»Was soll mit meinen Füßen sein? Es ist nichts mit meinen Füßen.«
Ob sie nicht etwas geschwollen wären, wollte er wissen.
Ich sagte, daß sie nicht geschwollen wären während der Schwangerschaft, warum sie denn jetzt anschwellen sollten.
Er sah mich an.
Dann sagte ich ihm, daß ich ein Kind erwartete.
Und er sagte: »Was willst du wirklich?«

Schwebte er nicht immerzu wie ein ahnungsvoller Engel über uns? Konnte ich denn, wenn er einmal nicht mehr da sein würde, es auch wirklich durchhalten, die Familie zu ernähren? Und jetzt kam noch einmal ein Kind.
Und dann sagte mein Vater: »Weißt du, wenn drei Kinder satt werden, werden es auch vier.«
Er bezahlte wie immer die Kosten für die Geburt.
Ich errechnete, daß das Kind an einem Marienfeiertag kommen würde. Schon Maximilian war ja am 8. Dezember, dem Fest der Immaculata, geboren.
Am 2. Februar, wie von mir errechnet, kam mein Baby nicht. Schließlich wurde es der 11. Februar, und als ich im

Meßbuch nachsah, war es der Tag der Erscheinung der unbefleckten Empfängnis in Lourdes; aber Bernadette wollte ich sie nicht nennen.
Sie sollte Immaculata heißen, nach einer Freundin von mir.

In Wien brach fast die Welt zusammen.
Die Nazis erhoben sich, rumorten überall.
Konnten wir wirklich noch auf die Alm fahren?
Aber es war doch unsere Welt. Wohin sonst hätten wir sollen?

Mein Mann war wieder zärtlich und weich. Das heißt, so genau weiß ich das gar nicht mehr.
Immy, wie sie sich dann schon bald nannte, weil sie meinen Namen nicht annahm, der ihr zu verpflichtend und kompliziert war, nahm sich vom Vater das Zarte und Weiche, seine Sensibilität, die sie hoch verehrte. Als Kind war sie wilder als alle anderen, aber als Mädchen und dann später als Frau hat sie ihrem Vater nachgehangen. Sie wollte ihn erreichen. Sie sah in mir eine Hexe der Anpassung. Für mich gab es die Welt draußen. Aber drinnen war die Welt schön und wunderbar. Und drinnen in der Welt lag ein verwunschener Prinz, den sie wachküssen wollte. Ihr Vater.

Sie hat ihn nicht wirklich geküßt; ich glaube, sie hat es nie getan. Und ihr Vater hat es auch nie von ihr verlangt.
Es gab zu der Zeit, als sie erwachsen wurde, in dem Verhältnis von Hermann und mir schon leichte Besonderheiten.

Auch Immy, wenn sie schon eine Prinzessin war und ohne die Strenge der ersten beiden Kinder erzogen wurde, hat einen größeren Weg beschreiten müssen, hat vieles küssen müssen, wie Maximilian, um endlich sich zu finden.

Prinzen und Prinzessinnen ziehen vorbei. Sie können sehr leblos sein. Sie können sehr lebensuntüchtig sein, Prinzen und Prinzessinnen, wie ich ja schon als Kind erfahren hatte.

Die Sterne sind immer etwas unterhalb der höchstem Bäume

Die Sterne sinken manchmal, dann muß man sie erreichen.
Die Krone der Eberesche, die im Herbst so wunderbare rote Früchte trug, war ein herrlicher Platz; über ihr konnte man fast den Himmel erreichen. Sie war so verzweigt und lud zum Hausbau ein. Die Kinder bauten.
Für mich als Kind war das Heuhupfen am wichtigsten. Außen herum bin ich hochgelaufen, weil das leichter war und schneller ging, als die steilen Heugebirge zu erklimmen, die so wenig fest waren, daß man immer wieder zurückfiel. Ich lief unten heraus und kam oben, am Balken, wieder an. Dann sprang ich, sprang ins Weiche, wußte, wo ich ankommen würde, wußte es genau und fürchtete mich nicht; fürchtete mich danach nie mehr, weil ich wußte, ich lande weich, wenn ich nur springe. Seltsame Kinderlogik. Habe ich sie wirklich beibehalten? Im Heu gelernt?

Auch meine Kinder lernten im Heu den freien Fall, das weiche Aufgefangenwerden; aber ich habe später nie von ihnen gehört, daß ihnen das etwas Besonderes gewesen ist. Sie hatten ja auch uns, unsere Familie, die sowohl aus den Kindern als auch aus Mann und Frau bestand. Oder muß ich sagen: aus Dichter und Schauspielerin?

Ich hatte als Kind die Mutter nur noch halb, und dann war sie ganz weg. Auch der wunderbarste Vater kann das Loch nicht füllen, das dann da ist, wenn die Mutter fehlt.

Wir haben zusammengehalten, mein Mann und ich.

Die Kinder hatten den Baum, das Sitzen im Baum, liebten es, sich dort zurechtzuwerkeln. Das habe ich öfter von ihnen gehört. Jeder schildert es auf seine Weise.
Maximilian hat in der Nacht im Baum gesessen; er hat die Sterne sinken sehen. Sie sind ihm bis auf die Erde gekommen.
Maria hat ein Kissen in den Baum geschmuggelt; der Kapitän durfte auf einem Kissen sitzen, und der Baum war ein großes Schiff, das sich schnell bewegte.
Carl hat, wenn er sich überhaupt an den Baum erinnern muß, nur unter dem Baum gesessen; was nicht stimmt, weil er immer ganz oben war. Er war sehr kräftig, schon als Kind.
Immy kann sich überhaupt nicht an den Baum erinnern. Sie hält den Baum für eine Übertreibung von mir.
Man muß ja manchmal Erkundungen einholen, wenn man schreibt, wenn auch nur am Telefon, um der Erinnerung aufzuhelfen. Wir telefonieren sowieso viel miteinander. Jaja, manchmal schläft die Erinnerung und will sich nicht hervortrauen, da muß man ein wenig nachhelfen. Also sagen wir, daß der Baum eine Übertreibung von mir ist.

Im Herbst, wenn es dann schon einsamer wurde, war die Esche voller Amseln, die natürlich die herrlichen Beeren pflückten.
Irgendwann ist der Baum zerbrochen, aber ich habe eine neue Eberesche gepflanzt. Die Enkel sollen ausprobieren, ob sie lieber ins Heu sacken wollen oder in den Baum steigen, um die Sterne sinken zu sehen.

Ich sehe heute noch den Balken, von dem aus ich ins Heu gehupft bin. Er ist noch da. Es war auch ein Spielplatz bei Regenwetter, nur nicht bei Gewitter, da konnte der Blitz einschlagen.

Einmal schlug der Blitz in die Hütte ein. Er kam durch die Küche herein, flutschte die ganze elektrische Leitung entlang und beim Fenster wieder hinaus.
Maximilian lag oben im Bett, nur durch die Holzdecke geschützt; seine Freundin Dagmar war vor dem Gewitter zu ihm geflohen, um Schutz zu suchen. Die Hütte roch wie verbrannt. Sie kamen beide herunter und wollten löschen. Es war aber nur der elektrische Draht verschmaucht. Maximilian lachte und sagte: »Der Blitz kommt von der Mutter, sie hat den Strom nie gemocht.«

Manchmal gingen die Kinder auch mit Franzl, dem Sohn des Pächters, in den Wald, um Heidelbeeren zu klauben. Körbe und Taschen mußten mitgenommen werden; es war schließlich lange unser Überlebensgeschäft.
Sie gingen aber auch zum Leckerfelsen: eine senkrechte Wand, in der ein paar Höhlen waren. Ich durfte das nicht so genau wissen, weil die bergsteigerischen Qualitäten meiner Kinder damals noch nicht so ausgeprägt waren.

An Maximilian erinnere ich mich, als er drei Jahre alt war; er wollte zu seinem Vater.
Ich sagte: »Du, der Papa schreibt jetzt und hat keine Zeit.«
Eine große Pause. Ein großes Gesicht, das immer größer wurde, und dann: »Keine Zeit für mich?«
Das war in so einem verwunderten Ton gesprochen, so fassungslos, daß ich es heute noch in Erinnerung habe.
Vater hatte natürlich Zeit für ihn.
Daß er sie für Carl nicht hatte, schmerzte mich. Auch für Maria hatte er sie dann weniger, als sie nicht mehr allein war. Hatte er sie für Immy? Sie sagt: Ja, er hatte!
Sprach ich meinen Mann auf sein unterschiedliches Verhalten den Kindern gegenüber an, antwortete er, ich sagte es schon: »Carl kommt eben immer zur ungelegenen Zeit.«
»Ja, wie er das nur immer macht.«

In der Titelrolle der »Elektra« von Hugo von Hofmannsthal, Zürcher Schauspiel-
[…]s 1941/42

16 Zweimal mit Maria, . . .

17 . . . Bern ca. 1946

Mit meinen Kindern
my, Maria und Maxi-
lian, Anfang der fünf-
:er Jahre

Nächste Seite: Tiere
hörten schon immer zu
serer Familie ▷▷

Dankbar und
:cklich

»Wenn ich einen Gedanken habe, der mir verlorengehen könnte.«
Darauf ich: »Und ich, wann komme ich?«
»Dich hör ich, weil du immer trappst.«
»Und dann verbirgst du deine Gedanken.«
Er lachte. »Nein, ich schreib sie schneller, damit wir Zeit haben füreinander.«

Am Anfang hatten wir Ewigkeiten von Zeit füreinander, und so hatten wir dann eines Tages so viel Zeit miteinander verbracht, daß ein normales Ehepaar darüber schon gestorben wäre. Und irgendwann hatten wir kaum noch und dann gar keine Zeit mehr füreinander. Eine Frau sollte eben nicht die Familie ernähren müssen. Aber wer weiß, vielleicht war es das auch nicht.
Kann nicht etwas sterben, bevor es richtig tot ist? Ein Mensch, die Liebe? Man darf an die Liebe nicht zu hohe Erwartungen stellen.
Bei den Bauern habe ich gelernt, daß der Stall warm bleiben muß.

Einen Tag vor dem dritten Geburtstag von Maximilian entstand ein Gedicht für ihn.
»Drei Jahre wirst du morgen, / drei Jährchen Innigkeit, / so winzig hingelebtes, / ganz des Vergleiches bar. / Drei Jahre sind's, drei große, / mein Kindchen, sind's nur wir / voll Güte und voll Liebe, / die, Kindchen, dank ich dir ...«
Oder so ähnlich waren die Verse.

Und der kleine, besondere Sohn wurde größer, hatte einen Hut auf und ging mit Opapa auf die Jagd. Es war herzig, wenn man den kleinen und den großen Jäger nebeneinander sah; wie sie ihre Erfahrungen austauschten, wie ganz streng und gefaßt der Opapa war, wie er lauschte und entgegnete, wie der kleine Jäger an Wichtigkeit gewann.

Ja, der Opapa: wie er Butterbrote brachte, als es bei uns nur Schmalzbrote gab; wie er auf die Pirsch ging und immer eins von den Kindern mitnahm; wie er mit allem zaubern konnte, am meisten mit seinem Lachen. Und immer wieder die Tasche. Die Tasche vom Opapa. Da waren Süßigkeiten. Da waren Apfelsinen. In der Tasche von Opapa gab es Dinge, die es auf der ganzen Welt nicht gab.

Ist eigentlich Beerensammeln und Pilzesuchen für Kinder ein großer Spaß?
Wenn ich meine gefragt habe, haben sie immer ja gesagt. Heute noch ist Maximilian ein berühmter Pilzesammler. Er findet jeden Pilz, und wenn er noch so verborgen ist.

Gibt es, wenn man sich erinnert, in der Kindheit eine andere Hauptsache als die Kindheit?
Ja, für die meinen war es das Theaterspielen. Jeder spielte eigentlich überall immer irgend etwas.
Carl spielte mit Leidenschaft Autobus und zwang seinen Bruder Maximilian, in der anderen Spur zu fahren; damals gab es in Österreich von Landesgrenze zu Landesgrenze jeweils verschiedene Verkehrsbestimmungen, so mußte der Bus an der Landesgrenze von der linken auf die rechte Spur fahren. Carl hatte das beobachtet und übte scharfe Manöver mit seinem Bruder.

Die Hauptsache aber war das Theaterspielen. Besonders in Wien. Da wurde ein großes Leintuch als Vorhang bei der Tür gespannt. Dahinter waren die vier und spielten.
Maximilian war oft der Esel. Niemand zwang ihn, den Esel zu spielen. Der Esel hatte für ihn größere Entfaltungsmöglichkeiten, wie mir schien.
Carl spielte den heiligen Joseph, Maria eben Maria, die Gottesmutter, und Immy das Jesuskind auf dem Arm von Maria.

Bei den Freilichtaufführungen auf der Alm gab es keine Theaterkarten. Aber in Wien waren sie wichtig, zuweilen sogar die Hauptsache. Karten ausgeben, Karten einreißen. Zuschauer zu den Plätzen geleiten.
Und vor allem Geld einsammeln. Ein wahrhaft bescheidenes Eintrittsgeld.
Bekannte und immer wieder die ganze Familie wurden zu Aufführungen eingeladen. Je mehr Publikum, um so größer die Kasse.

Als die Kinder dann größer waren und ihnen die eigenen Stoffe ausgingen, spielten sie zuerst Märchen, dann wurden die Klassiker bemüht. Natürlich Grillparzer, Schiller, Goethe und Shakespeare, die ja bei uns in der Bibliothek standen.

In der Wiener Urania war ein sehr anmutiges Blumenspiel einstudiert worden. Die Kinder verschiedener Bekannter wirkten mit, auch die Enkel von Bundesminister Heinisch, die, da sie blonde Haare und große veilchenblaue Augen hatten, die Veilchen spielten.
Maximilian spielte das Gras. Bei den Proben gab es keine Spannungen, alles tanzte und spielte.
Aber bei der Aufführung – ich saß im Souffleurkasten – hatte Maximilian plötzlich eine große Eifersuchtsanwandlung, denn die Primel spielte und tanzte mit dem Veilchen. Worauf er mit seinen kleinen Fäusten auf die Primel losschlug und fand, daß er berechtigt sei, mit ihr zu tanzen.

Ich rief: »Maximilian!«
Das brachte ihn aber nicht in seine geprobte Rolle zurück. Er ging trotzig drei Schritte rückwärts und sagte: »Nein!«
Darauf sagten die kleinen Blumen: »Du kommst jetzt dran, du kommst jetzt dran.«
»Nein!«
Dann machte er ein paar Schritte, so nah wie möglich zu

den Zuschauern hin: »Ich bin keine Blume. Wißt ihr was? Ich bin doch eine Blume. Ich bin Gras.«
Worauf ein riesiges Gelächter im Zuschauerraum entstand. Das Spiel ging aber danach weiter.
»Mit Stolz bin ich Gras. Wißt ihr nun was? Weil ich grünend euch diene.« Das war der Text.
Ein kleiner Schlenker von ihm bei »euch«, mit verachtungsvoller Geste, brachte noch einmal tosendes Gelächter.

Obwohl meine Bekannten mich baten, ihn nicht zur Rede zu stellen, weil er doch so erfolgreich komisch gewesen sei, war ich mit ihm nicht ganz einverstanden.
Und er ließ auch den Kopf hängen, als er mich sah: »Weißt du, die Missi« – unser Mädchen aus England – »hat mir die Ohren so schlecht ausgewaschen, da hab ich dich nicht gehört, wenn du was gesagt hast.«
Da mußte ich natürlich lachen. Und er war ein Held.

Margriterl spielte, das muß auch um diese Zeit gewesen sein, den Narren bei einer Prinzessin, die heiraten sollte, aber nicht konnte. Sie sollte in ihrer Rolle sagen: »Ich esse Apfelstrudel nicht gern.« Da sie aber eine Wahrheitsfanatikerin war – und ist –, hat sie sich schon gleich am Anfang dagegen gewehrt. Sie aß Apfelstrudel nämlich sehr gern.
Als dann die Aufführung kam – bei den Proben war nie ein echter Apfelstrudel dagewesen –, kam plötzlich duftend ein Apfelstrudel aus dem Ofen heraus. Da war es ihr völlig unmöglich zu sagen, daß sie ihn nicht mag. Sie änderte einfach den Text und sagte: »Ich esse Apfelstrudel furchtbar gern«, biß hinein und nahm soviel in den Mund wie möglich, den Rest stopfte sie in ihre Taschen.
Sie hatte damit einen solchen Erfolg, daß ihr Satz zum geflügelten Wort in Wien wurde. Es war der Schelm, der in aller Unschuld auftrat. Das gefiel den Leuten.

Ich selbst war bei der Aufführung nicht dabei, aber jeder erzählte mir ganz genau, wie es gewesen war, und daß ich so eine begabte Tochter hätte.
Ich war damals Präsidentin der Wiener Theatergilde. Das war zunächst eine Zuschauervereinigung, die besonders gute Theaterstücke, die aus finanziellen oder anderen Gründen nicht auf die Bühne gebracht werden konnten, als Leseveranstaltungen mal in kleinerem, mal in größerem Kreis herausbrachte. Für Aufführungen hatten wir zusätzlich einen kleinen Saal in der Hofburg zur Verfügung.

Das *Wiener Kripperl* war eines der Stücke, die wir aufführten. Der Engel Michael und der Engel Raphael fuhren als Straßenbahnschaffner durch Wien und sammelten unglückliche oder irgendwie schuldig gewordene Menschen. An der Endstation geraten sie ins Wiener Kripperl: die Mutter Gottes, der heilige Joseph, das Jesuskind.
Maria durfte als Tochter einer Holzfällerfrau mitspielen. Natürlich war sie gleich der Liebling ihrer Kollegen, die alle Berufsschauspieler waren.

Eines Tages gab sie zum besten, sie sei die zweitälteste Tochter von Margarethe Schell. Die Kollegen, recht begeistert von ihrer natürlichen Art, erzählten das natürlich augenzwinkernd weiter.
Ich sagte zu ihr: »Aber du bist doch meine älteste Tochter. Was erzählst du denn da?«
Darauf sie: »Aber alle sagen, daß du die älteste Tochter bist.«
»Aber ich kann doch nicht meine eigene Tochter sein.«
Es ging offenbar um irgendeinen Theaterschmäh.
Sie hatte wohl das Wesentliche verstanden: daß es offenbar um mein Alter ging. Und da sie sehr stolz auf ihre junge Mutter war, versuchte sie zu retten, was ihrer Meinung nach zu retten war. »Nein, wissen Sie, meine Herren, mein Bruder ist zwar älter als ich, aber nur zwei Monate.«

In diesen Zeiten zeigt ein jeder sein wahres Gesicht

Meine Tochter Immy wurde unter Kanonendonner geboren, wenn ich das alles nicht geträumt habe. Vielleicht hätte ich sie träumen sollen, die dreißiger Jahre bis 1945, das ganze sogenannte Dritte Reich, die Vorläufer und auch die Schmerzen danach. Aber die Zeit kann sich nicht in eine einzelne Person versenken und dort träumen, um dann mit ihr zu erwachen und es ist nichts geschehen, kein Krieg, kein Tod, kein Leid.

»In solcher Zeit bist du geboren, Kind, / wo nicht Salute, sondern Schüsse sind ...«
So beginnt ein Gedicht meines Mannes an seine Tochter Immy.
Das Wummern der Kanonen war unheimlich, besonders in der Nacht. Man sagte mir, es sei eine »sozialistische Revolution« ausgebrochen. Ich lag auf der Entbindungsstation in Wien. Meine Freundinnen besuchten mich und wollten mir einreden, es seien nur Gewehrschüsse.
Ich sagte ihnen nicht, daß Gewehrschüsse auch nicht harmloser sind für den, den sie treffen; ich wußte ja, wie sie es meinten.

Sie wollten mich vor Schrecken und Entsetzen bewahren; die Geburt sollte glatt verlaufen. Das ist sie dann auch; trotz der Gewehrschüsse, die zu den Kanonen noch dazu kamen, immer näher.
Ich war nie eine besonders ängstliche Person. Und in

meinem kleinen Zimmer auf die Straße hinaus dachte ich mir: Sie werden doch wohl nicht gerade auf schwangere Frauen schießen.

Um mich zu entspannen, hatte ich mir einen Krimi ins Krankenhaus mitgenommen. In dem las ich. Die Schüsse in der Geschichte bekamen etwas seltsam Realistisches, während die Schüsse auf der Straße zeitweilig von der Geschichte aufgesaugt wurden. Aber dann ließ ich doch den Krimi, als die Schüsse näher kamen.
Als die ersten Wehen kamen, nahm ich die Bibel. Das Buch Ruth – kurz, aber eine äußerst spannende Geschichte.

Mein Mann war bei den Kindern. Wir wohnten in einem Haus der Gemeinde, und als ich anrief, sagte die alte Haushälterin: »Ja, es liegen schon ein paar Tote im Haus, und dein Mann ist mit den Kindern geflohen.«
Mein Mann erzählte später, sie seien das Stiegenhaus hinunter, und alle hätten sie ganz feindlich angesehen.
Es wäre ihnen lieber gewesen, wenn meine Familie als Christlich-Soziale im Haus geblieben wäre.

Die Kinder erzählten später, sie hätten große Angst gehabt, weil durch die Fenster geschossen wurde. Der Vater riß an ihnen, aus Angst, weil sie sich nicht schnell genug hingelegt oder im anderen Zimmer an die schützende Wand gelehnt hätten.
Mein Mann hat sie dann einfach genommen und ist mit ihnen im Taxi nach Inzersdorf zu seinem Schwiegervater gefahren, der damals Direktor des dortigen Sanatoriums war.

Unterwegs wurden sie angehalten und untersucht, nach Waffen wahrscheinlich. Was denn das für ein Paket sei, wurde mein Mann gefragt.
»Windeln, meine Frau bekommt heute ein Kind.«

Sie griffen das Paket ab und mußten feststellen: Wenn es wirklich Waffen waren, dann waren es sehr weiche.
Sie ließen ihn und die Kinder passieren.

Nachdem mein Mann die Kinder in der sicheren Obhut des Großvaters wußte, fuhr er zu mir ins Krankenhaus. Auf der Fahrt streifte eine Gewehrkugel sein Taxi und eine andere durchschlug die Scheibe, nachdem er sich gerade vorgebeugt hatte.
Er rief dem Chauffeur nur zu: »Fahren Sie weiter! Fahren Sie um Gottes willen weiter!«
Ein anständiges Trinkgeld bewog den braven Mann dann, weiterzufahren, bis er das Krankenhaus erreichte, in dem ich lag.

Inzwischen hatte ich entbunden, und mein Mann freute sich an seiner kleinen Tochter.
Meine Freundinnen kamen und erzählten, der Aufstand sei niedergeschlagen.

Wir hatten Freunde in Graz, die für uns eine Dichterlesung mit zusätzlicher Rezitation organisierten. Plötzlich wurde dieser Abend abgesagt, weil es hieß, die Schells hätten sich abfällig über Hitler geäußert.
Das stimmte, aber wir waren doch in Österreich, in einem noch freien Land.
Mein Mann sah damals die Gefahr, die auf uns zukam, deutlicher als ich.

Aber wie immer, wenn dicke Wolken den Himmel bedekken, gibt es auch das Aufblitzen der Sonne. Die Sonne erwärmt unsere Erde, und das Theater versucht es ihr gleichzutun.
Burgtheaterdirektor Hermann Röbbeling kündigte den Zyklus »Stimmen der Völker im Drama« an. Jede Nation sollte eine Stimme auf dem führenden Theater Österreichs haben.

Die Entscheidung der Schweiz fiel auf ein Stück meines Mannes: *Der Bürgermeister von Zürich*. Dabei hatte der meinem Mann besonders gewogene Schweizer Gesandte Maximilian Jäger seinen Einfluß geltend gemacht. Er liebte das Stück und schlug es vor; aber wie Dichterkollegen so sind, sie mochten seinen Vorschlag nicht. Jeder hätte wahrscheinlich lieber sein eigenes Stück gesehen. Verständlich. Verständlich aber auch, daß mein Mann fieberte und bebte. Das war die große Chance: das Wiener Burgtheater.

Der Dichter Schell wurde umlagert, Journalisten wollten Interviews; es gab Vorbesprechungen, viele wußten gar nicht, worum es in dem Stück ging.
Mein Mann sagte: »Jetzt gibt es ein Vorher. Das Vorher ist jetzt. Und dann gibt es ein Nachher. Und das Nachher wird wunderbar sein. Alle Theater werden alles aufführen, was ich bisher geschrieben habe. Sie werden sich darum reißen. Sie werden gar nicht wissen, wer der erste sein soll.«

Etwa acht Tag vor der Premiere meldete sich ein Herr zu Besuch. Da es noch sehr früh und ich noch im Morgenkleid war, schickte ich Maria und Carl zum Empfang. Mein Mann war bereits zu einer Pressekonferenz unterwegs.
Ich hörte Maria sagen: »Bitte kommen Sie doch herein, bitte kommen Sie doch.«
Worauf eine Männerstimme zu hören war: »Nein, nein, die Dame muß zuerst hineingehen.«
Dann hörte ich Carl sagen: »Sie können ganz ruhig hereinkommen, Sie können sich auch ganz ruhig setzen, die Möbel sind frisch geputzt.«
Daß darüber ich als Lauscherin errötete, ist verständlich.

Nun beendete ich die Unentschiedenheit auf beiden Seiten, indem ich eintrat, wie ich war. Ich bat den Herrn, Platz zu nehmen, was er auch tat.

Er war sehr jung, sehr verlegen und stellte sich als Claqueur vor.
Die Wiener Claque war eine Vereinigung von ziemlich mittellosen Leuten, meistens Studenten, die, wie der junge Mann erklärte, seit Jahrzehnten den Erfolg der Burgtheateraufführungen beeinflußten, indem sie bei den Premieren an geeigneten Stellen heftig applaudierten, das aber, und jetzt kam er zur Sache, je nach »Zuwendung« des Interessierten.

Ich verstand. Ich versuchte ihm als dem für den Erfolg des Stückes entscheidend Verantwortlichen Respekt zu zollen, aber er wollte Geld sehen. Da ich wie üblich keines oder nahezu keines im Hause hatte, beschied ich ihn, doch in drei Tagen noch einmal vorzusprechen, wenn ich das Ganze mit meinem Mann besprochen hätte.
Höflich verabschiedete er sich.

Natürlich besprach ich nichts mit meinem Mann. Ich kannte seine Einstellung. Er war geradlinig und von seinem Stück überzeugt. Er wäre nie auf solche Abseitigkeiten verfallen, Geld zu geben für Beifall. Für ihn fing der Zerfall der Welt mit Geld an und hörte auch damit auf. Geld für nichts als Beifall – ein absurder Gedanke!
Ich dagegen hatte große Angst vor der Rache der Claque für den Fall, daß sie nichts bekämen. Würden sie dann buhen, andere vielleicht mitziehen? Ich fühlte mich wieder einmal ziemlich allein.
Woher ich schließlich das Geld beschaffte, weiß ich nicht mehr. Ich trieb es auf, aber sicher nicht genug.
Der junge Mann tauchte nach drei Tagen wieder auf. Er nahm das Geld wortlos entgegen, verbeugte sich, grüßte an der Tür freundlich und verschwand.

Jetzt hatte ich noch mehr Angst. Nein, Angst ist nicht das richtige Wort. Ich fürchtete die Meinung und Entschie-

denheit meines Mannes und daß er vielleicht annehmen könnte, ich hätte ihn verraten.
Dann dachte ich an das wenige Geld, das ich hatte geben können, und wie die Claque es aufnehmen würde.

Die Uraufführung des *Bürgermeisters von Zürich* am 6. Juni 1934 im Akademietheater, in der Regie von Franz Herterich, kam gut an beim Publikum. Es gab viel Beifall, einige Buhrufe.
Titelheld des auf Tatsachen beruhenden Stückes ist Hans Waldmann. Als Bürgermeister von Zürich war er eine fortschrittliche Persönlichkeit. Er liebte das Leben auf seine vorsichtige Art, in der Politik hatte er originelle, etwas phantastische Pläne für die Zukunft. So wollte er zum Beispiel einen beruhigenden Keil zwischen Frankreich und Deutschland treiben dadurch, daß die Schweiz sich bis Berlin ausdehnte. Seine Vorstellung: das Gleichgewicht in Europa garantiert die Schweiz.

Ich erinnere mich an die besonders heftige Auseinandersetzung auf der Bühne zwischen Waldmann (Ewald Balser) und Teiling (Franz Herterich), dem Bürgermeister von Innerschweiz, der ein großer Gegner des Zürcher Bürgermeisters war. Der Wortwechsel der beiden gipfelte in Teilings Ausruf: »Und kostet's meinen Kopf!«
Worauf Waldmann erwiderte: »Den kostet es!«
Darauf Teiling: »Dann setzt mir nachher nur nicht Euren auf.«
Das blieb mir unvergeßlich, dieser Kampf zwischen den beiden Häuptern.

Die Premiere ging mit allem Glanz vonstatten, mit ganz großer Besetzung, auch im Zuschauerraum. Bundeskanzler Dollfuß bat meinen Mann zu sich. Ich begleitete ihn und erlebte glücklich, wie er ihm von ganzem Herzen gratulierte.

Etwas an meinem Blick muß Dollfuß irritiert haben, so daß er sagte: »Gell, so klein haben Sie sich mich nicht vorgestellt.«
Ich versuchte charmant zu lächeln, weil ich nicht mehr wußte, was ich gedacht hatte.
Auf dem Rückweg sagte mein Mann: »Der Dollfuß hat jetzt in Hans Waldmann sein eigenes Schicksal gesehen.«
Und wirklich, wenige Wochen später wurde Engelbert Dollfuß ermordet. Kurt Schuschnigg nahm für vier Jahre seinen Platz ein; es hat ihm nicht viel Glück gebracht.

Im Wiener Hochhaus habe ich Abende für verarmte Schauspieler ins Leben gerufen.
Um Geld für diese Schauspieler aufzutreiben, die keinerlei Versorgung hatten und denen es am Nötigsten fehlte, organisierte ich ein Kostümfest.
Es fand kurz nach Schuschniggs und Hitlers Zusammentreffen statt, das, so erzählte man sich hinter vorgehaltener Hand, nichts Gutes erwarten ließ.
Bei dem Treffen, so sickerte durch, durfte Schuschnigg, obwohl ein leidenschaftlicher Raucher, nicht rauchen. Als er es in seiner Aufregung doch versuchte, habe Hitler ihn furchtbar angebrüllt.
Trotz der allgemeinen Nervosität war unser Fest auch ein finanzieller Erfolg; was mich besonders freute, weil der Erlös ja hilfsbedürftigen Menschen zugute kommen sollte.

Durch die Mühen der Vorbereitung des Festes hatte ich, wie immer, wenig Zeit, konnte mir daher kein passendes Kostüm besorgen. Ich schlüpfte also in einen Frack aus dem Fundus, setzte einen Zylinder auf und gab mein Bestes zur Gestaltung des Festes; das heißt, ich machte die Moderation, wie man heute sagen würde, und zwar mit sehr tiefer Stimme.
Ein Freund von uns, der damalige Kriegsminister Zehner, eröffnete sogar Wetten, daß ich ein Mann sei und hielt

dagegen, als andere sicher waren, meine Weiblichkeit durchschimmern gesehen zu haben. Ich bin eben immer eine sehr weibliche Person gewesen, sicherlich auch mit der entsprechenden Ausstrahlung.

Der Reingewinn war beträchtlich. Aber erfahrungsgemäß rüsten sich ja Menschen, die in Not stecken, oft mit großem Stolz auf, so daß es auch in unserem Falle manch einem nicht leichtfiel, unser Geld anzunehmen. Nachdem ich kurz vorher in die Rolle eines Mannes geschlüpft war, mußte ich jetzt die eines Priesters auf mich nehmen, der viel Seelenpein in seine Fürsorge nimmt und leider nur wenig Geld für jeden einzelnen hat, die Not zu lindern.

An den »Überfall« der Deutschen auf Österreich im März 1938 kann ich mich natürlich auch erinnern. Ich erlebte ihn in Wien.

An diesem Tag ging ich mit meiner Freundin spazieren, und sie sagte: »Schau nur, die vielen Menschen. Wie wenn sie aus Rattenlöchern emporgestiegen wären.«

Plötzlich waren wir umgeben von einer Menge heruntergekommener, zerrupfter Menschen. Aber es waren nicht nur die Elenden, die neue Hoffnung witterten; es sah so aus, als ob ganz Wien begeistert wäre, daß Hitler nun auch in die österreichische Hauptstadt eingezogen war.

Ein Bekannter von mir sagte: »Gestern bin ich als Österreicher eingeschlafen und heute als Deutscher aufgewacht.«

So erlebte ich die Situation. Offenbar freuten sich die meisten, daß der Bub aus Braunau es so weit gebracht hatte, ihnen Deutschland zu Füßen zu legen.

Durch alle Gassen hörte man die Parolen. Auch über den Kohlmarkt schallte es bis zu unserer Wohnung: »Sieg Heil! Ein Volk, ein Reich, ein Führer.« Stundenlang.

Mir war sehr unbehaglich zumute.

Damals versuchten viele Leute, die sich bisher benachteiligt gefühlt hatten, vorzurücken. Die sozialen Verhältnisse waren ja auch keineswegs zufriedenstellend. Aber die, die am lautesten schrien, waren nicht die, die am meisten Not litten.

Unser Förster zum Beispiel, der ja die Jagd meines Vaters zum Teil mitverwaltete, war inzwischen Hegeringleiter geworden und hatte daher als Naziförster die ganze Gebietsorganisation unter sich. Sogar der Pfarrer mußte ihm seine Sonntagspredigten vorlegen.
Der Pfarrer, der oft bei uns zu Besuch war, hinterlegte einmal das Manuskript der Predigt, die er halten wollte, bei uns. Eine andere gab er zur Kontrolle.
Ich las die Predigt, bevor ich sie hörte: Die Obrigkeit müsse Geduld haben mit der einfachen Bevölkerung, die nicht so schnell begreife, was sie tun müsse. Die Menschen seien unsicher, jeder einzelne wisse ja nicht, was sein Nachbar denke. Gäbe es eine christliche Einfalt im Schafstall, dann wüßten die Schafe mit ihrem Hirten, wohin sie müßten. Und sie würden alle nur einen Weg gehen. Sogar die Wölfe würden staunen über die Geschlossenheit der Schafe.

Die eingereichte Predigt war vom Förster abgezeichnet worden; aber die gehaltene sorgte für Aufsehen, so daß der Pfarrer sich bei uns verstecken mußte. Der Pfarrer dachte an den Einfluß meines Vaters auf den Förster. Als ebenfalls Verunsicherter kam der Bürgermeister zu uns. Aber der war nur verängstigt und verwirrt. Er stammelte, in Preitenegg hingen schon die Kinder an den Gewehren. Junge Burschen hätten Parolen ausgestoßen. Es sei überhaupt eine schlimme Stimmung überall.
Er hielt sich einige Tage bei uns auf und wagte sich dann wieder zurück.

Mittlerweile hatte es im Dorf Amtsenthebungen gegeben. Nazileute rückten auf.

Der Förster stand zwischen den Fronten; er besuchte uns, wie er es früher getan hatte, gab sich ein bißchen unterwürfig, dann wieder erhob er sich in die Gedanken des Neuen Reiches. Er wollte an der Schaffung einer neuen Welt teilhaben.

Mein Mann sagte: »Die neue Welt, die Sie meinen, bedeutet Krieg.«
Darauf der Förster: »Der Führer hat jeden Krieg ausgeschlossen.«
»Welchen Führer meinen Sie?«
»Sie werden noch sehen«, sagte er und verschwand.
Natürlich fühlten wir uns auch nicht mehr wohl. Die Alm hatte ihren paradiesischen Zauber verloren.

Und es gab Aufregung. Unser Pächter hatte die Zusicherung erhalten, ein Erbgut zu verwalten. Er schimpfte auf meinen Vater, der ihn nur ausgenützt habe; jetzt sei er endlich ein freier Mann. Er könne von nun an Herrschaft ausüben über Minderwertige.

Sogenannte Erbgüter wurden damals aus jüdischem oder dem Besitz anderer mißliebiger Personen an Nazi-Getreue verteilt.
Unser Pächter hatte damals das ganze Mobiliar vor das Haus gestellt, bis zum Teelöffel, und er sagte uns, daß er die besitzende Klasse immer gehaßt habe; er war aufgebracht und feindlich.
In seine Beschimpfungen hinein kam die Nachricht, es hätten sich Verwandte des ehemaligen Besitzers gefunden, die durchaus reichstreu seien und die wirklichen Gedanken des Fortschritts mit entwickelten.
Der Pächter zog also mit allem wieder ein in das Haus, auf das er gespuckt hatte.

Daß dann später kein Zusammenleben mit ihm mehr möglich war, versteht sich.

Ich habe auch nach dem Krieg, als ich wieder nach Kärnten kam, seinen Vertrag nicht mehr verlängert und eine neue Pächterin genommen: die Frau unseres Nachbarn, deren Mann ich schon als Kind kannte.
Es ist die Gusti oder Gustl. Wir sind ein Herz und eine Seele.

Als Immy vier Wochen alt war, kam Carl eines Tages angelaufen und sagte: »Da sitzt ein Mann draußen, der will was.«
»Was denn?« fragte ich.
»Ich weiß nicht. Er fragt, ob ein Mau... Maus oder so ähnlich nicht bei uns einschmecken tut.«
»Wo sitzt er denn?«
»Wo alle sitzen, wenn sie was zu sagen haben.«
Also auf unserer Bank vor dem Haus, wo uns schon der Erste Weltkrieg angekündigt worden war.

Ich ging hinaus. Es schien ein Wanderer zu sein. Noch bevor ich ihn fragen konnte, ob er durstig sei und ein Glas Wasser verlange, sagte er: »Ich will nur schauen, ob der Mussolini hereinschmöcke tut.«
Ich sagte: »Da sind Sie in der falschen Richtung, da ist Italien«, und zeigte ihm die Richtung, noch bevor ich merkte, daß der Kerl nicht ganz klar war.
Nein, sagte der Mann, er komme aus Deutschland und sei Beauftragter der nationalsozialistischen Regierung.
Ich versuchte ihn möglichst schnell loszuwerden. Er war mir unheimlich, aber dann tat er mir auch wieder leid, als ich ihn einsam dahinstapfend verschwinden sah.

Der Schrecken griff mit allen Fingern nach uns. Wenn man über ihn berichten will, kommt einem alles banal vor.
Schloß man die Augen, war es, als ob nichts geschehen wäre. Mit offenen Augen aber hatte sich alles verändert.

Die Kinder schrien »Heil Hitler«, weil alle in Wien so schrien.
Kinder schreien eben gern; wo es laut ist, sind sie dabei.

Mein Mann erregte sich: »Wir können die Kinder nicht mehr schützen.«
Ich fand das übertrieben; aber andererseits hatte er auch wieder recht. Es gab so vieles, was wir nicht bestimmen konnten.
Als die Kinder dann »Heil Motta!« riefen – weil sie als Schweizer Staatsbürger glaubten, das Recht zu haben, »ihren Führer« hochleben zu lassen – und sich dabei Prügel einhandelten, wurden wir mehr als nachdenklich.

Maria kam eines Tages in Tränen aufgelöst aus der Schule heim. Sie war geschlagen worden, weil man sie beschuldigt hatte, das Hitlerbild im Klassenzimmer bespuckt zu haben.
Das hatte sie nicht getan. Sie wollte nur das Kreuz, das vorher über dem Pult des Lehrers gehangen hatte, wieder dorthin bringen. Es war ihr nicht gelungen.

Auch das Theater hatte sich verändert. Aber daß sich dort kein Gedanke mehr durchsetzen konnte, der der Naziideologie nicht entsprach, ist übertrieben.

Für den *Bürgermeister von Zürich* waren zwanzig Vorstellungen vorgesehen, er erreichte aber nicht einmal drei.
Es gab Erkrankungen im Ensemble.
Es gab überhaupt alles, was nicht vorgesehen war.
Weitere Aufführungen wurden ersatzlos gestrichen.

Die Nazis zeigten Interesse an der schöpferischen Kraft meines Mannes, besonders weil er Schweizer war. Sein bisheriges Schaffen beweise sicheren Instinkt in der Bewältigung der Geschichte.
»Welche Geschichte wollen sie? Etwa ihre, wollen sie, daß

ich ihren Führer zum Heros des eigentlichen Willens der Menschheit hochstilisiere? Ich weigere mich. Er ist ein Diktator! Er will nichts bewegen, weil er alles vernichten will.«
Ich fragte ihn: »Woher weißt du das?«
»Ich weiß es nicht, ich ahne es.«

Wir mußten also weg. Die Schweiz war für uns offen, weil wir Schweizer Bürger waren. Mein Mann sowieso. Ich durch Heirat, und die Kinder waren ja schon vorbereitet.
Die Schwierigkeit war nur, daß mein Mann keine Manuskripte mitnehmen durfte.
Dr. Fellner, der Vertreter von Dr. Jäger, erklärte uns im Auftrag der Schweizer Gesellschaft, daß er keine Möglichkeit habe, uns zu helfen, wenn wir wegen der Manuskripte in Gefangenschaft gerieten.

Ich hatte einen Alptraum: Bis alle Manuskriptzettelchen entziffert sein würden, würden wir von Lager zu Lager wechseln müssen, bis wir dann unauffindbar wären.
Doch es gab einen Ausweg. Eine Freundin von uns hatte einen sicheren Platz, wie sie sagte. Sie würde man nicht überfallen.
Ihr brachte mein Mann seine Manuskripte.

In Wien war ich noch in den letzten Tagen vor dem Stephansdom verhaftet worden, weil ich protestierte, als unschuldige Menschen, die ich kannte, abgeführt wurden. Ich konnte es nicht ertragen, Juden auf der Straße knien und die Pflastersteine putzen zu sehen. Viele Wiener verspotteten die armen Menschen.
In der Haft geschah mir nicht viel; ich wurde bald wieder freigelassen. Aber diese Erfahrung mag dazu geführt haben, Furcht in mich zu senken. Und so verweigerte ich einem sehr verzweifelten Menschen meine Hilfe; was mir noch heute sehr leid tut und weswegen ich mich schäme.

Der Mann hatte von unseren Ausreiseabsichten in die Schweiz erfahren und sprach mich auf der Straße an. Ich sollte Papiere für ihn in die Schweiz schmuggeln – und lehnte ab.
In dem Film *Julia* von Fred Zinnemann hat dann mein Sohn Maximilian in einer kleinen, sehr eindrucksvollen Rolle die Aufgabe gelöst, an der ich scheiterte. Auf sehr stille und eindrucksvolle Weise machte er den Menschen Mut, sich nicht beugen zu lassen.
Am Gesicht von Jane Fonda kann man ablesen, welche inneren Kämpfe damals alle durchmachten, die nicht angepaßt waren und der Obrigkeit nicht einfach folgten.

Kurz vor unserer Abreise in die Schweiz stürzte mein Mann kreidebleich in die Wohnung und rief: »Gott schütze Österreich!«
Er hatte die Rede von Schuschnigg gehört.
Entschlossen sagte er: »Wir müssen weg.«

Die Schweiz ist nicht aus Schokolade

Mit zwanzig Franken pro Kopf, also zwanzig für mich und zwanzig für meinen Mann – für die Kinder nichts –, mußten wir aufbrechen. Wir waren ja nicht wohlhabend, aber ein bißchen was hatten wir doch erreicht in unserer gemeinsamen Anstrengung. Aber ich will nicht klagen. Es gab in dieser Zeit so viel Elend und Not, daß unseres vergleichsweise harmlos einzuschätzen war.

Im Zug hatten wir die Kinder auf die Bänke gelegt und es ihnen möglichst bequem zum Schlafen gemacht, weil wir erst am nächsten Morgen in der Schweiz ankommen würden.
Die Schwester meiner Freundin Luise, die uns zum Bahnhof begleitete, war empört, weil die Leute sich aufregten, daß die Kinder soviel Platz beanspruchten.
»Halber Tarif oder gar keiner, und sich dann ausbreiten!« schnaufte ein dicker Herr.
»Sind Sie auf Bäumen gewachsen?« erregte sich die Schwester meiner Freundin.

Eng in ein winziges Eckchen gepreßt, mein Mann und ich, verließen wir Wien.
Wir fuhren zunächst nach Basel, wo die Mutter meines Mannes wohnte. Sie hatte versprochen, uns unterzubringen, was sie auch tat. Aber so viele individualistisch geprägte Menschen auf engstem Raum – das konnte nicht gutgehen. Und dann auch noch kein Geld!

Mein Mann wurde zur Landesverteidigung herangezogen; es herrschte damals die Furcht, Hitler könne die Schweiz überrennen.
Ich gab die Buben in ein Institut. Doch bald schon merkte ich, daß die Schwestern, denen ich die Kinder anvertraut hatte, ihrer Aufgabe nicht gewachsen waren. Maximilian schrieb mir: »Ich bin so traurig, ich schreibe heute gar keine Gedichte. Mutti, hol uns doch hier raus. Das ist kein Daheim, das ist nur ein Übernachten.«

Als ich endlich ein kleines Zimmerchen zu einem billigen Mietzins fand, nahm ich Maximilian zu mir. Carl ließ ich bei den Schwestern, weil er älter war und sich wehren konnte.
Maria schickte ich nach Colmar, wo eine Freundin, die Tochter des Straßburger Bürgermeisters Schieß, sie in ein Pensionat gab, wo sie, wie ich dachte, gut aufgehoben sein würde.
Als sie 1939 bei Kriegsausbruch von dort zurückgeschickt wurde, jubelte sie.
Erstaunt stellte ich sie zur Rede.
»Mutti, Mutti, jetzt kann ich nicht mehr zurück in die Klosterschule.«
Sie blieb dann einige Zeit bei der Großmutter in Basel.

Immy war ins Kinderheim in Brunnen gekommen.
Sie hat sich später sehr heftig über die Zeit im »Paradiesli« beschwert. Ich sah auch damals schon, daß dort nicht alles rosig war. Aber hätten wir uns einen Strick um den Leib schnüren sollen, um den Hunger nicht zu spüren?
Geld mußte her. Und ich mußte es verdienen.

Dr. Neef, ein Freund meines Mannes, hatte die Leitung der Landesausstellung in Zürich. Ich wurde engagiert, um in dem großen Festspiel *Die eidgenössische Frau* die Verführerin zu spielen.

Es war ein Spiel voller Symbole; alles war zunächst in wunderbaren Farben gehalten, Kostüme in denen der Kantone. Plötzlich wurden riesige braune Tücher über alles gebreitet. Jeder im Zuschauerraum verstand die Anspielung, und es kam zu betroffen starkem Beifall.

Dr. Neef war Präsident des Schriftstellervereins. Sein Ehrgeiz bestand darin, einen möglichst großen Reingewinn zu erzielen. Um das zu erreichen, versuchte er, die ausgehandelten Gagen zu kürzen.
Auch mich ließ er kommen und erklärte, ich hätte viel zu viel Gage bekommen und müßte nun mit der Hälfte zufrieden sein. Wenn ich mich nicht mit der Niedriggage einverstanden erklärte, bekäme ich gar nichts.
Ich erklärte ihm meine Situation, daß ich die Familie zu ernähren habe und darum kämpfte, meine Kinder bald wieder bei mir aufnehmen zu können.
Er hielt das alles für Geschwätz und einen geschickten Vorwand, um ihm mit Hilfe von Kinderelend Geld aus den Rippen zu schneiden, das mir nicht zustehe.
»Und ob mir das zusteht!« rief ich in seine immer größer werdenden Drohgebärden hinein.
Ehe er tätlich werden konnte, rannte ich weg, allerdings ohne unterschrieben zu haben.
Andere hatten sich mit der halben Gage zufriedengegeben. Sollte ich nun wirklich gar nichts bekommen?
Ich ging zu meinem Rechtsanwalt und erfuhr zu meiner Erleichterung, daß ich in jedem Fall das Recht auf meine ausgehandelte Gage hätte. Der Trick von Dr. Neef bestand nämlich darin, zu behaupten, mein Vertrag sei ungültig, weil er von einem nicht Zeichnungsberechtigten unterschrieben worden sei.
Wir kämpfen und behielten recht.

Dann inszenierte ich in einem kleinen Zürcher Theater den *Schweizer Robinson*.

In diesem Stück spielte ein Affe mit, der plötzlich streikte und mich in den Arm biß. Dann sauste er davon, entkam aus dem Theater und schwang sich ins nächste Fenster, zum Entsetzen einer völlig überraschten Frau.
Sie telefonierte in ihrer Not und ließ den Affen von der Polizei einfangen. Wir hatten ihn wieder, aber die Presse war aufmerksam geworden; so stand am nächsten Tag in der Zeitung: »Regisseurin von Affen gebissen!«

Es sollte Geld für Schweizer Rückwanderer geben; wir meldeten uns. Es war ein langer Kampf, bis wir es bekamen. Wir erhielten einen sogenannten Militärersatz für meinen Mann, der ja eingezogen war.
Es war wenig, aber es half wieder ein Stück weiter.

Mein Mann war auf der Festung Sarganz. Kam er auf Urlaub nach Zürich, ging er am liebsten im Park der Villa Wesendonck spazieren. Dort schrieb er auch und stellte sich vor, wie schön es wäre, im leerstehenden Gartenhäuschen zu wohnen.
Das Anwesen gehörte einer Familie Rieter.
Mein Mann machte also bei Oberst Rieter seine Aufwartung und bat, mit seiner Familie im Gartenhaus wohnen zu dürfen.
Mein Mann gefiel, wie immer. Man erlag seinem zaubrischen Vortrag.

Aber die Rieters meinten, das Gartenhäuschen habe keine sanitären Einrichtungen; man könne doch einen Teil des ehemaligen Domestikentraktes frei machen; ob wir daran Interesse hätten.
Wir besichtigten also den Teil der Villa, den man für uns räumen wollte, und waren begeistert.
Bald schon konnten wir uns einrichten. Die Familie Rieter stellte uns Betten zur Verfügung, die aus den Beständen eines ehemaligen Kinderheims stammten. Und von der

Familie Schwarzwald übernahmen wir Möbel, die der Architekt Adolf Loos entworfen hatte.
Hatten wir es nicht fast wieder geschafft?

Einmal hell, einmal dunkel – die Villa Wesendonck

Arbeit ist eine Kraft, die Veränderung schafft. Arbeit baut auf, aber die Arbeit ist meistens draußen. Man baut sich draußen auf und kehrt erschöpft zur Familie zurück.
Die Familie war wieder zusammen. Hauptsächlich durch den Erlös meiner Arbeit konnten wir uns kleiden und essen. Aber mich schob die Arbeit immer mehr nach draußen, weg von der Familie. Ein schrecklicher Zustand für jeden Menschen, von der Arbeit aufgefressen zu werden. Sie frißt an einem, will man sie erfüllen, zum Ausdruck bringen, was in einem steckt; was man spürt, zeigen.

Ich habe einen ähnlichen Konflikt bei Maria entdeckt, als sie Kinder hatte. Da war ihre Familie, der sie sich nicht genügend widmen zu können glaubte und sicher auch nicht konnte; denn die Verpflichtungen in aller Welt wollten ja nicht nur wahrgenommen, sie mußten erfüllt werden. So besteht die Frau auch heute noch aus zwei in der Mitte auseinandergerissenen Teilen. Sie trägt die Verantwortung für die Kinder sicher mehr als die Männer, die einen anderen, zunächst mehr von außen bestimmten Zugang zu ihnen haben.
Damals redete noch keiner von der Selbstverwirklichung der Frau. Ich habe das auch nicht getan, und ich habe das auch nicht gedacht. Ich mußte Geld verdienen und liebte meinen Beruf. Es war die Darstellung von Menschen, was mir Erfüllung verschaffte.

Aber ich wollte auch Mutter sein; wollte die Aufgabe, die mir vom Schöpfer verliehen war, gut erfüllen.

Ich habe in unserer Schweizer Zeit sehr hart gearbeitet und hätte meine Aufgabe ohne Hedy Meier, unsere Freundin, nicht erfüllen können.
Immy hat einmal in ihrer Direktheit gesagt: »Sie war doch eigentlich beinahe unsere Mutter.«
Sie sorgte für die Kinder, bügelte die Wäsche, wusch sie, war da, wenn ich nicht da war. Mein Mann las ihr aus seinen Werken vor, weil er den Zuspruch, den handgreiflichen Kontakt brauchte.
Sein Kontakt mit Kollegen war spröde. Die Welt der Frauen war für ihn eine weiche Welt.
Deshalb entfremdeten wir uns auch, weil er das vormals Weiche an mir vermißte.

Vielleicht hat Max so spät geheiratet, weil sich ihm der Konflikt, der zwischen künstlerischer Arbeit und Familie besteht, sehr tief eingeprägt hat. Wir streiten uns manchmal, wenn wir uns unterhalten; es sind verborgene Vorwürfe von Max, die ich lange spürte und die aus dieser Zeit der Zerrissenheit stammen.
Bis zu seiner Heirat spürte ich seine Zerrissenheit in der Liebe. Aber was kann er mir vorwerfen: daß ich zu wenig Zeit hatte, weil ich arbeiten mußte?
Er weiß es.

Carl hat sich bei allem Freiheitswillen früh an eine Frau geklammert. Als ein Kind unterwegs war, hat er geheiratet; wahrscheinlich um mich nicht zu verletzen oder zu enttäuschen. Ich weiß es nicht. Ich sage das jetzt, weil auch ich mich verändert habe, nicht zuletzt durch das Leben der Kinder. Ich bin duldsamer geworden.
Maria hat sich, als sie sich auch in dem Konflikt Beruf *und* Familie befand, sehr gut arrangiert. Aber Immy hat lange

nach innen gefressen und mir Vorwürfe gemacht, die sie selten laut werden ließ. Sie ist in dem Konflikt auf der Bühne zu einer Tragödin gereift, die mir manchmal Schauer über den Rücken jagte, wenn ich sie sah.

Mein Mann war da für die Kinder. Ihre Augen leuchten noch heute, wenn sie von seinen goldenen Spielen erzählen. Dazu gehörte das wilde Toben mit der Decke, auf der er sie über das Gras zog; die Kinder schrien vor Lust. Daß dabei mehr als eine Decke zerrissen wurde ... nun, es mußte eben eine neue angeschafft werden.
Oder sein Gespenst Eierspeis, mit dem er die Kinder in hellstes, fröhliches Entsetzen versetzen konnte.
Und er las ihnen vor, dichtete sie an.
Sie waren und sind alle mächtig stolz auf ihren phantastischen Vater.

Aber seiner Dichtung unterwarf er alles. Er glaubte an sie. Und auf diesen unerschütterlichen Glauben hatte er ein volles Recht.
Zu manchen meiner Äußerungen, in denen von seiner Erfolglosigkeit die Rede gewesen ist, muß ich sagen: Das ist relativ!
Er hatte nie großen Erfolg; aber wenn er allein gelebt hätte – er war in seinen Ansprüchen sehr bescheiden –, hätte es gereicht.

Hier einige Werke, von denen ich weiß, daß sie bis zum Kriegsende erschienen: die Gedichtbände »Am siebenten Tage«, »Neue Gedichte« und »Frauenlieder«; das Schauspiel *Der Bürgermeister von Zürich*; die Romane »Einer von Tschalun« und »Suworows letzte Liebe« sowie die Erzählung »Domenica und die Brüder von Septimer.«
Außerdem wurde immer mal wieder eines seiner vielen Theaterstücke aufgeführt.

Noch in Wien hatten wir zahlreiche Lesungen organisiert.

Das ließ sich in der Schweiz schwerer machen, weil wir sehr viel weniger Kontakte hatten, aber auch, weil es dort zumindest damals keine Tradition dafür gab.
Ich war schon häufig als Rezitationskünstlerin aufgetreten. Das Rezitieren kennt man heute nicht mehr so recht; ich habe es sehr gern betrieben. Unter anderem auch deshalb – oder vielleicht deshalb besonders –, weil sich für mich damit die Möglichkeit bot, für die Arbeiten meines Mannes, besonders die Gedichte, etwas tun zu können.
Viele, vielleicht sogar die meisten Veröffentlichungen meines Mannes vor und während des Krieges sind auf solche Rezitationskontakte zurückzuführen.
Und ein Gedicht lebt ja auch dann erst richtig, wenn man es hört.
Da viele Autoren schlechte Rezitatoren sind, müßte man ihnen helfen. Und die wirksamste Belebung für das Kulturgut Gedicht wäre es, so scheint mir, wieder gute Rezitationsabende heimisch zu machen. Denn der Dichter, der nicht vortragen kann, schreckt von seinen Werken eher ab als daß er zu ihnen hinführt.

An eine häusliche Dichterlesung in Zürich kann ich mich noch sehr gut erinnern. Sie fand statt in der ehemaligen Großküche der Villa Wesendonck, die ein Teil unserer Behausung war.
Mein Mann hatte eine Geschichte geschrieben: »Der Einzug der Gäste auf der Wartburg«; und las sie mir, Hedy und den Kindern vor. Es ging dabei weniger um die Wartburg, als um unser Zuhause in der Villa Wesendonck.
Die Stadt hatte inzwischen die Villa übernommen und siedelte Obdachlose und Menschen aus sozialen Randgruppen bei uns ein. Wir waren an die sich in dieser Situation ergebenden harten Verteilungskämpfe und Positionsbehauptungen nicht gewöhnt und litten entsprechend.

Ich höre noch heute die düster rollende Stimme meines Mannes in dem hohen Gewölbe der Küche. Und er sprach mir mit jeder Zeile aus der Seele.
Aber das ereignete sich erst zwei Jahre nach unserem Einzug in die Villa.
Zunächst hatten wir unser kleines Reich für uns alleine.
Wir durften gegen eine kleine Geldgabe die herrlichen Obstbäume auf der nördlichen Seite ernten; eine besondere Freude für die Kinder.
Sie standen in den Bäumen und warfen die Pfirsiche und vor allem die Mirabellen nach unten in ein Tuch. Und ich höre Carl noch jubeln: »Papa, ein Aroma, ein herrliches Aroma!«
Wir sammelten alles in Körbe, aßen viel von dem herrlichen Obst, verkauften einiges und machten ein.

Unsere Küche war ein Königreich der Mäuse. Hedy und ich sagten ihnen von Anfang an den Kampf an, zumal wir all unsere Vorräte nur in den Backröhren der alten, nicht benutzten Herde aufbewahren konnten.
Aber die Kinder nahmen die Mäuseplage als natürlich; schon von der Alm her an allerlei Getier gewöhnt, retteten sie alles, was lebendig war und sich in Gefahr befand: einen Hasen, einen Igel und eben die Mäuse.

In der riesengroßen Küche konnten wir natürlich nur einen ganz kleinen Elektroherd benützen. Beim Christfest brachte eine ausgeliehene Eckbank eine gewisse Feierlichkeit unter den Weihnachtsbaum. Und die auf der Rükkenlehne liegenden Zweige waren den Mäusen eine ideale Brücke zu den Kugeln am Baum, mit denen sie spielten.
Nach vielen Jahren habe ich unsere damalige Unterkunft – jetzt ein Museum – mit Marias Sekretärin Gertrud Rother noch einmal besucht. Ich erklärte ihr, wo die Kinderzimmer lagen; jetzt sind da Büros. Die Küche ist aufgelöst, als hätten die Mäuse doch noch gesiegt und alles in ihre

Verstecke geschleppt, einschließlich der alten herrschaftlichen Herde. Nur das Zimmer von Maximilian mit seinem vergitterten Fenster war so, als habe er erst vor ein paar Stunden seine Möbel herausgetragen.

Vielleicht sollte ich eine der Mäusegeschichten doch erzählen, und sei es nur, um deutlich zu machen, wie klein unsere Menagerie inzwischen geworden war, vom Rehkitz zur Maus sozusagen. Den von Carl so heiß begehrten Elefanten konnten wir selbstverständlich nicht anschaffen, obwohl in der Küche Platz genug gewesen wäre.
Also die Mäuse: Die Kinder fütterten sie mit Käsestückchen von ihren Broten; sie hatten nichts dagegen, wenn es nachts warm, weich und schnell über ihre Beine huschte.
Aber Hedy und mir war es dann doch eines Tages zuviel. Hedy schlug kochendes Wasser vor, um sie zu fangen. Mir war das denn doch zu grausam, und so einigten wir uns auf kaltes Wasser.
Wir fingen auch eine in unserem Zuber. Eine von tausend Mäusen schwamm also in Panik um ihr Leben.
Ich konnte die arme Maus nicht länger in dieser Lage sehen, nahm den Zuber und leerte ihn im Garten aus.
Die Maus aber nahm die ihr geschenkte Freiheit nicht an.
Naß, sichtlich verärgert und keineswegs scheu nahm sie auf der Eckbank Platz.
Und dann, was war das? Hatte sie geniest? Beleidigt strich sie mit einer Pfote über ihre Nase. »Das arme Tier wird sich erkältet haben«, sagte ich voll Mitleid.
Aus der Tötungsabsicht war über schlechtes Gewissen Hilfsbereitschaft geworden.
So polsterte ich eine kleine Schachtel mit Watte aus. Und, man glaubt es kaum, die Maus ließ sich auf die weiche Unterlage legen; genoß mit sichtlichem Behagen ihren Triumph.
Sich nur ja nicht vertreiben lassen, Ausdauer zeigen, den

Menschen ein schlechtes Gewissen machen – keine gar so schlechte Überlebensstrategie für eine Hausmaus, die auch weiter gefüttert werden will.
Maximilian kam, sah die Maus und rief: »Mutti züchtet Mäuse.«

Uns gegenüber im Gärtnerhaus wohnte der Gärtner mit seiner Frau. Er war ein recht friedlicher und gutmütiger Mensch, aber sie konnte man wohl als Beißzange bezeichnen. Das meiste gefiel ihr wohl nicht an der Welt, und das betraf auch uns. Es gab immer kleine Reibereien: Mal verbot sie den Kindern das Theaterspielen im Garten, mal war es ein Bettlaken, das schief hing.

Eines Tages wurde auf dem Tennisplatz, der mitten im Garten lag, Alarm geschlagen, weil jemand Geld vermißte. Die Gärtnerin behauptete sofort, es könne nur Maximilian gewesen sein; sie habe ihn da und da gesehen und beschrieb genau die Stelle, wo das Geld vermißt wurde.
Zum Glück war aber Maximilian den ganzen Nachmittag bei Oberst Rieter eingeladen gewesen, wo sich dessen Töchterchen sehr lieb um ihn gekümmert hatte. Sie bestätigte der Polizei gegenüber, daß Maximilian den ganzen Nachmittag mit der Familie zusammen war und sie keinen Augenblick verlassen habe.
Doch die Gärtnerin gab nicht auf. Einen Tag später hatte sie Carl in der Straßenbahn gesehen, wie er einen größeren Geldschein wechselte. Diesmal etwas vorsichtiger geworden, kam sie zuerst zu mir, bevor sie zur Polizei ging.
Ich sagte ihr, der Geldschein stamme von mir. Ich hätte ihn ihm gegeben.
Mißtrauisch zog sie ab. Beließ es dann aber dabei.

Als die Stadt die Villa dann kaufte, wurde es ungemütlich Jeder, der ankam, schien das Recht zu haben, sich überall niederzulassen. Gegenstände verschwanden und tauchten

an den unmöglichsten Stellen wieder auf, wenn überhaupt.
Die erste, die einzog, war eine Dirne, die sehr elegant gekleidet ging. Ich sah sie auch nie ohne ihren Hut; sie trug ihn sogar, wenn sie im Unterkleid herumlief oder Teppiche klopfte.
Bis auf ihr Gewerbe, das uns seltsame Herren ins Haus brachte, war sie eine leidliche Person. Nur ihr kleiner Hund war recht giftig; ganz und gar auf sie fixiert, bellte und kläffte er, sobald einer von uns der Frau auch nur auf ein paar Schritte nahe kam; was sich nicht vermeiden ließ, weil sie in ihrer Freizeit überall herumspazierte.

Eines Tages schlug Rauch durch die Decke. Entsetzt suchten wir die Ursache des Feuers; man hatte oben in einem Salon die Seidentapete abgerissen und auf einem dünnen Blech verbrannt, so daß der Parkettboden zu kokeln begann.

Immer mehr Leute zogen ein, und je mehr es wurden, um so heftiger wurde der Streit untereinander.
Nachttöpfe wurden grundsätzlich nach draußen in den Garten geleert; zweimal bin ich dem Inhalt nur mit knapper Not entronnen.
Es war also nicht mehr sehr gemütlich in der Villa Wesendonck.

Das letzte Foto mit meinem Mann:
ährend der Proben zu seinem Lustspiel
uf Befehl der Kaiserin«, das Maximilian
it Maria in der Hauptrolle am Salzburger
andestheater inszenierte. Januar 1972

23 Nächste Seite unten: Mit
Maria und ihrer Tochter Marie-
Theres Relin

▷▷

22 Die Familie nahm mich nach der Uraufführung des Lustspiels »Die acht Millionäre« von Robert Thomas und meinem Sohn Carl in die Mitte. V.l.n.r.: Stella Mooney (Carls Ehefrau), Maria, Carl, Maximilian mit seiner damaligen Freundin Dagmar Hirtz und Immy mit ihrem inzwischen verstorbenen

hemann Walter Kohut. München,
. Oktober 1977, Theater Die kleine
reiheit

24 Unten: Mit Maria, Maximilian und seiner Frau Natalja sowie seinem Sohn Dimitri und Immy im Münchner Circus Krone

25 Gesegnetes Alter

Geschichten zur Aufheiterung

Eines Tages lud mich die Redaktion einer kleinen Zeitschrift für Emigranten zu einem Gespräch. Ein Herr stellte sich vor und erklärte mir, wie wir uns kennengelernt hätten.
Ich konnte mich nicht erinnern, aber er behauptete, mein Sprachwitz habe ihm gefallen. Er bäte mich herzlich, doch ein paar kleine Geschichten aus der Umgebung, aus der ich nun vertrieben sei, für seine Zeitschrift beizutragen. Leider könne man wenig zahlen ... kleine Auflage usw.
Ich entgegnete, da müsse eine Verwechslung vorliegen, mein Mann sei der Schriftsteller, nicht ich.

Nein, hieß es, man meine mich. Es ginge um Krieg und Heimatlosigkeit. Man habe es sich zur Aufgabe gestellt, Heiteres in schwerer Zeit zu berichten. Es sei nicht gedacht an große literarische Beiträge. Man wolle es so direkt wie möglich, von Personen, die dazu begabt seien.
Ich sagte, ich wolle es mir überlegen, dachte aber gleich, die suchen doch nur Dumme, die ihnen für wenig Geld ihre Zeitschrift füllen. Aus diesem Grund gab ich es auch nicht an meinen Mann weiter; er sollte sich nicht ärgern müssen.
Außerdem hatte ich viel zu tun; so vergaß ich es.

Nach einer Premierenfeier, bei der ich einige Geschichtln, wie man in Wien sagt, zum besten gegeben hatte, sprach mich der Herausgeber der Emigrantenzeitschrift selbst an.

Er war ein kleiner, bescheidener Mann, dessen Namen ich leider vergessen habe. Er schien ganz wild darauf zu sein, solche Geschichtln von mir zu bekommen. Ich hätte ein anekdotisches Talent, meinte er.
Darauf ich: »Das kann schon sein, aber erzählen und schreiben sind zweierlei. Außerdem bin ich sehr beschäftigt.«

Er hatte wirklich ein Anliegen. Ich habe es nicht ganz verstanden.
Mit dem Nichtverstehen war ich offenbar nicht allein; nach gut einem Jahr ging seine Zeitschrift ein, obwohl sie wirklich lausige Honorare zahlten, von denen man sich nicht einmal eine Hühnersuppe hätte leisten können.
Aber er hatte mir Eindruck gemacht. Es war seine unendliche Bescheidenheit, die ich dann einige Zeit nicht vergaß; wie hilflos er war, und wie wenig genau er ausdrücken konnte, was er wirklich wollte.
So setzte ich mich eines Tages hin und schrieb ihm eine Geschichte aus dem besetzten Österreich, das »heim ins Reich« geholt worden war. Es war die Geschichte unseres Nachbarn.

Eine Jägergeschichte

Unser Nachbar war Förster. Er hatte eine bildhübsche Tochter, die er sorgfältig vor jedem Zugriff behütete.
Er war so ängstlich, daß er nachts vor ihrer Tür am Boden schlief, damit ja kein Liebhaber bei ihr einsteigen konnte. Die Fenster waren mit dicken Laden verriegelt, zu denen er sich extra Schlösser hatte anfertigen lassen, um die Verriegelung abzusichern. Mit diesen Schlüsseln in der Brusttasche schlief er vor ihrer Tür.

Der junge Jäger, der bei ihm angestellt war, dachte sich

aber etwas Besonderes aus. Er grub eines Tages ein tiefes Loch; immer wenn der Förster unterwegs war und er den jungen Jäger weitab bei Besorgungen glaubte.
Durch das Loch und den Graben gelangte er schließlich des Nachts zur Förstertochter. Wie ein Dachs schlüpfte er in dem Gang unterhalb der Mauer durch, während der Förster in der Nacht vor der Tür schlief.
Die Tochter empfing ihn mit großer Freude.

Nun hatten sie ihr schönes Schäferstündchen, ungestört; obwohl der Förster draußen vor der Tür schlief und sicher war, daß keiner zu seiner Tochter kommen konnte.
Bald machten sich aber auch die Folgen dieses Zusammenschlafens bemerkbar und die junge Förstertochter bekam ein Baby.
Der Förster war fassungslos. Er konnte ja nicht an eine unbefleckte Empfängnis glauben, also an ein Wunder. Wie also kam die Tochter zu dem Kind?

Längst tuschelten die Nachbarn von dem kühnen Abenteuer, das der junge Jäger auf sich genommen hatte.
So blieb dem alten Förster schließlich nichts anderes übrig, als zur jungen Ehe seinen Segen zu geben.
Natürlich machte sich die ganze Jägerschaft lustig, den Förster sahen alle mit Spott. Er verteidigte sich und sagte, er habe doch nur das Beste für sein Kind gewollt.
Daß er es erreicht hatte, hat er lange nicht einsehen können. Aber die Nachkommenschaft war gesund und munter, und der junge Jäger war tüchtig, so daß er der Nachfolger des alten Försters wurde.

Man war erfreut und druckte die Geschichte. Ich war weniger erfreut, weil man sozusagen unter der Hand eine politische Botschaft glaubte verbreitet zu haben. Die eingefügte Karikatur bewies es.

Ich bin nie ein politischer Mensch gewesen. Und ich wußte genau, daß in meiner Geschichte keine politische Botschaft stecken konnte. Es war die Geschichte eines Nachbarn. Sie hatte sich zugetragen. Das war alles.

Um vor Mißdeutungen und falschen Interpretationen gefeit zu sein, schrieb ich:

Vom Fensterln

Wenn man nachts durch die Dörfer fährt, sieht man oft im Scheinwerferlicht plötzlich irgendwo eine Leiter stehen und einen jungen Burschen darauf, der eifrigst in ein kleines Fenster hineinspricht. Natürlich hat derjenige nicht damit gerechnet, daß er plötzlich im Scheinwerferlicht einer Autolampe steht.

Es war zur Gewohnheit geworden, daß junge Burschen, wenn sie irgendwo eine Liebste hatten, eine Leiter mitnahmen; die Leiter anlegten und hinaufstiegen und sich so im Mondschein stundenlang mit der Freundin unterhielten.
Meist war das Fenster so klein, daß die Burschen gar nicht hineinkriechen konnten.
Andererseits gab es auch viele Mädchen, die das gar nicht wollten und nicht erlaubten.
Sie erlaubten zwar ihrem Liebsten zu kommen und mit ihr zu plaudern oder zu singen, aber eben nicht mehr.

Das hat oft schon zu sehr lustigen Situationen geführt.
Zum Beispiel, als ich sechzehn oder siebzehn Jahre alt war, war ich einmal allein auf unserer Hütte.
Natürlich gab es in der Nachbarschaft genügend junge Burschen, die gern fensterln wollten; die plötzlich beim Fenster irgendwo hineinschauten und manche, die gern busserln wollten.

Manchmal kamen die Burschen auch in Scharen, schickten den vor, von dem sie glaubten, daß er am meisten Chancen hatte, oder rauften kurz um das Vorrecht. Die Annäherung ging natürlich nie so ganz leise ab. Und in einer stillen Hütte hört man so manches Knacken draußen deutlich, besonders wenn man als Mädchen allein ist.

In unserer Küche stand eine große Wasserbank. Da waren immer zwei große Kübel voll mit Wasser bereit, zum Kochen und Waschen; der Brunnen war ein gut Stück Weg von unserer Hütte entfernt.
Ich löschte das Licht und tat so, als ginge ich nach oben, schlich mich aber zurück, postierte die Wasserbehälter neben der Tür, die ich plötzlich aufriß und beide Inhalte auf die beratende Versammlung ergoß. Großes Geschrei, und dann Gelächter. Die Burschen zogen ab.

So konnte man sich auch des Fensterlns erwehren.
Ich kannte Mädchen, die sich freuten, wenn möglichst viele kamen, die sogar Listen führten, wer alles dagewesen war. Das Ansehen stieg mit jedem Verehrer; und die Burschen nahmen es auch gar nicht übel, wenn sie naß davonlaufen mußten.

Und noch eine Geschichte von mir wurde gedruckt, bis die ganze Unternehmung dann zusammenfiel; hoffentlich nicht meiner Beiträge wegen, für die ich die ausgehandelten paar Rappen bis heute noch nicht gesehen habe.

Vom reichen Goldloch-Hans

Er hieß wirklich Goldloch und war ein junger Bursche, dem die Kinder im Dorf nachliefen, um ihn zu hänseln; was er meist über sich ergehen ließ, wenn die Kinder es nicht zu toll trieben.
Er verdiente seinen Lebensunterhalt, indem er sich ringsum zum Holzmachen verdingte.
Er kam auch gelegentlich zu uns.

Er war immer glücklich, strahlte, wenn er mich sah, breitete die Arme aus, wies auf die Berge und Täler und erklärte stolz: »Ghört alles mei, schaun S' amol.«
Ich tat ihm den Gefallen und bestaunte seinen Besitz.
Flüsternd, als sei das ein Staatsgeheimnis, gestand er mir: »Rußland han i o geerbt! Und Deutschland hat mi mei Frau in die Eh brocht.«

Ja, so war er, lustig und reich. Ich habe nie erfahren, ob er jemals verheiratet war. Wenn er die Arme ausbreitete und das Land betrachtete, leuchteten seine Augen.

Eines Tages hatte ich kein Kleingeld, um ihn zu bezahlen. Ich sagte ihm, ich wolle es ihm nächstes Mal geben.
Er nickte nur und hob die Hand: »I hob au nie a Kleingeld, und deshalb mach i Holz, damit i a Kleingeld krig. Denn i hob zwei Milliaken in der Toschen.«
Dabei zeigte er mir zwei Notgeld Tausendscheine, die er immer bei sich trug, und von denen er überzeugt war, daß jeder eine Milliarde wert war.
Und dann erzählte er mir, daß selbst ganz reiche Leute, und er hielt den Holzhändler für besonders reich, ihm das nicht hätten wechseln können. Dabei hatte er ihn angefleht, wie er mir glaubhaft versicherte. So. Und er zeigte es mir, aber der Holzhändler hätte es nicht wechseln können.
Er schob die Schultern hoch: »Der hat net soviel gehabt,

und deswegen muß i Holz macha, damit i a Kleingeld hob.«

Er war glücklich. Er hatte zwei Milliarden in der Tasche und mußte nur Holz machen, weil keiner wechseln konnte und er Kleingeld brauchte, um etwas zu essen zu haben.
Das stolze Bewußtsein, daß alles ihm gehörte, wenn er sich umsah, schwellte seine Brust.

Und da es einem reichen Mann nicht wirklich schaden kann, wenn er ein wenig im Gefängnis sitzt, verübte er im Herbst irgendeine Straftat; meist kleinere Delikte, aber immer so, daß es für einen Winteraufenthalt reichte.

Nach einem dieser Aufenthalte im Gefängnis, als die Nazis schon überall am Ruder waren, hat man ihn dann nicht mehr gesehen.
Es hieß, er sei der Euthanasie zum Opfer gefallen.

Schauspieler sein

Nun ist es an der Zeit, daß ich mich einem Thema zuwende, das einige Jahre meines Lebens ausgefüllt hat: die Schauspielerausbildung, zunächst in Zürich, dann in Bern, wo ich zur Grundlegung der staatlichen Schauspielschule mir einige Verdienste zurechnen darf.

Ich rede darüber nicht gerne, weil sicher einige heute sehr berühmte Leute von mir erwarten, daß ich sie als damals schon genial oder besonders schildere, was ich in einigen Fällen gerne tun würde; aber dann dauern mich wieder die vielen anderen auch sehr begabten Menschen, die es aus irgendeinem Grund, vielleicht weil sie vom Typ her nicht ansprachen, nicht zu einer größeren Berühmtheit gebracht haben.

Besonders nach dem Krieg bestimmte das Kino mehr oder weniger stark das Schicksal eines Schauspielers. Wie komme ich zum Film? So lautete die immer wiederholte Frage. Wenn beispielsweise in der damals aufblühenden europäischen Filmlandschaft ein bestimmter Typ »besetzt« war, konnte ein noch so begabtes junges Mädchen oder noch so talentierter junger Mann beim Film einfach nichts werden. Auch in die Theater wirkten diese Filmgesichter hinein.

Ich war für Sprecherziehung und Schauspielunterricht zuständig.

Für mich ist das Sprechenkönnen, das personen- oder persönlichkeitsbezogene Sprechenkönnen immer sehr wichtig gewesen.
Früh habe ich mich mit der Technik des Sprechens auseinandergesetzt, was hieß, den zu findenden Ausdruck zu stützen. In einigen Fällen sogar, neue Ausdrucksformen zu finden.
Einige allzu Technikverliebte – es waren Gott sei Dank nur wenige – habe ich auch warnen müssen, das Gerüst nicht mit dem Gebäude zu verwechseln. Aber wie ein Haus nicht ohne Gerüst entsteht, so ist es auch mit der Sprechtechnik und der Schauspielkunst.
Man kann sie vergessen, wenn man nur seine täglichen Übungen nicht vergißt, habe ich immer gesagt.

Wichtige Anregungen bekam ich in alten lateinischen Grammatiken. Ich studierte alles, was ich fand, kontrollierte es an den eigenen Bedürfnissen. Als es notwendig war, meine Erkenntnisse und Erfahrungen gesammelt darzustellen, habe ich ein Buch verfaßt.

Beim Rollenstudium habe ich immer großen Wert auf möglichst lebendige und erfahrbare Zusammenhänge gelegt, um die Einfühlung zu erleichtern. Für mich war das entwickelte Gefühl immer sehr wichtig.
Vom Brecht-Theater ging in jenen Jahren ein sich steigernder Einfluß aus, was zur Folge hatte, daß man Gefühlen auf dem Theater mißtrauisch gegenüberstand. Brecht war es um das Zeigen gegangen. Meiner Ansicht nach muß man erst einmal Gefühle haben, um sie dann zeigen zu können.
Ich will nicht sagen, daß die Theater generell in einen Formalismus abrutschten. Aber in einigen Häusern verlief sich der starke formale Anspruch in Sterilität.

Ich denke an eine Aufführung des *Fächers* von Goldoni,

den wir in der Abschlußklasse in Bern erarbeitet hatten. Als Regisseurin mich an die Figuren im Wurstelprater erinnernd, befanden wir uns damals wahrscheinlich in unserer Auseinandersetzung auf der Höhe der Zeit.
Die Puppen standen unbeweglich da. Warf man aber 20 Heller in einen Schlitz, wurde alles lebendig.
Dieses Motiv des Geldeinwerfens, um die Figuren auf der Bühne zum Leben zu erwecken, fand großen Beifall. Der Fächer konnte große Verwirrung stiften, weil er von den Besitzern immer wieder ausgewechselt wurde. Die eigentlich primitive Handlung des Stücks konnte aus der Erstarrung am Anfang zu beachtlichen spielerischen Höhepunkten geführt werden. Die Spielfreude der jungen Leute entwickelte herrliche komische Höhepunkte. Wir hatten unser Klassenziel erreicht.

Nun waren meine Verbindungen nach Wien nie ganz abgerissen. In diesem Jahr erhielten wir eine Einladung des Reinhardt-Seminars. Wir sollten unser Ergebnis in Wien vorstellen.
Die Aufregung war groß.
Ich mußte das machen, was im und um das Theater herum immer wieder von mir verlangt wurde: Mutter spielen.

Als wir in Wien ankamen, zeigte sich auch, daß die Befürchtungen unserer jungen Leute nicht aus der Luft gegriffen waren. Man behandelte uns wie schlechte Verwandtschaft vom Land. Witzchen waren im Umlauf, wie die Schweizer wohl sprechen würden. Man hatte sich auf breitestes Schweizerdeutsch eingestellt.

Nach der Aufführung aber überschlug sich die Kritik, lobte unsere Bühnensprache und befand dann: Ein sehr guter Jahrgang! Und ein viel besserer, als das Reinhardt-Seminar in diesem Jahr entließ.
Was natürlich nicht gerade zur großen Freude der einhei-

mischen Wiener beitrug. Aber nach der zweiten und dritten Aufführung schlossen die Reinhardt-Seminaristen und unsere jungen Leute beim Heurigen Frieden.

In Bern hatte ich Frau Lormer kennengelernt, eine blinde Schriftstellerin, die Vorträge über Goldoni hielt. In Gesprächen mit ihr arbeiteten wir einige der zahlreichen Möglichkeiten aus, die in den Goldoni-Stücken stecken.
Bei einer Aufführung des *Dieners zweier Herren* habe ich dann wahrscheinlich etwas übertrieben. Ich habe nichts ausgelassen. An einen Einfall erinnere ich mich: ein Pferd, das zum Gaudium des Publikums lauter kleine Luftballons von sich gab.
Die Kritik meinte, ich solle solche Späße dem Herrn Millowitsch überlassen. Aber das Publikum war begeistert. Es mußte nicht auf trockener Wiese grasen, befand dann gnädig doch noch ein Kritiker.

Bei den *Venezianischen Zwillingen* war ich dann schon etwas bescheidener. Mein Sohn Maximilian murrte, man müsse nicht bei jeder Gelegenheit dem Affen Zucker geben. Womit er zweifelsfrei recht hat. Aber uns verhalf manche Übertreibung in der Arbeit dazu, sie bei der Aufführung wieder weglassen zu können. Max hat das Stück unendlich oft im Theater in der Josefsstadt gespielt.

Ich habe dann auch in Basel viel inszeniert. Ich erinnere mich, wie wir eine Clownerie gearbeitet haben, und zwar im Hotelzimmer. Der Schauspieler – seinen Namen will ich nicht nennen, weil er danach viel Pech gehabt hat – war begeistert von einer Filmszene und wollte, genau wie im Kino, ein Tischtuch unter den aufgetragenen Speisen wegziehen, ohne die Tischordnung zu stören, und sich dann das Tischtuch als Serviette umbinden.
Er behauptete, der Trick wäre wahrscheinlich ganz einfach.

Ich darauf skeptisch: »Ja, wahrscheinlich, man muß ihn nur können.«
Er lief aus dem Zimmer und brachte nach einiger Zeit aus der Hotelküche angeschlagenes Geschirr und ein altes großes Tischtuch. Als Tisch nahmen wir den, der im Zimmer stand.
Mein Vorschlag war, es erst einmal mit einer Tasse zu versuchen.
Er aber meinte: »Es muß schwer sein, sonst hält es nicht auf dem Tisch.«
Er stellte also Tassen, Teller und Schüsseln auf den Tisch und zog mit einem Ruck an dem Tuch, wie er es im Kino gesehen hatte.
Was nicht umgekippt auf dem Tisch liegen blieb, fiel polternd zu Boden oder zerschellte gar.
Eine Bedienung des Hotels kam angerannt, offenbar der Meinung, wir hätten das Zimmer zertrümmert. Wir erklärten unsere Absicht. Mißtrauisch verabschiedete sich die Bedienung, nicht ohne uns auf die späte Stunde aufmerksam zu machen.

Jetzt der Versuch mit einer Tasse.
Die Tasse wurde leicht wie ein Luftballon durch die Luft geschleudert und zerschellte an der Tür.
Beim zweiten Versuch wurde an die Tür geklopft, ein aufgebrachter Herr im Nachthemd verbat sich die nächtliche Ruhestörung. Als er dann noch die Tür öffnete, flog ihm ein Teller entgegen.
Wir entschuldigten uns. Und um nicht das ganze Hotel in Aufruhr zu versetzen, beschlossen wir, am nächsten Morgen ganz früh das Experiment im Theater fortzusetzen.
Die Lösung war: Es mußte überschweres Geschirr sein.
Der Trick verbrauchte sich sehr rasch und zeigte nicht annähernd die Wirkung, die er im Kino mittels der angewendeten Schnittechnik hatte.

Wir verwarfen den Trick und spielten in der Premiere mit polterndem und herunterknallendem Geschirr. Das hatte große Wirkung, weil wir natürlich alle Gebärden und Bewegungen, die wir bei der Arbeit mit dem Trick gefunden hatten, beibehielten.

Frau Lormé war eine zurückhaltende und gebildete Frau, die, im Gegensatz zu mir, die ich so gut wie überhaupt kein Italienisch konnte, diese Sprache sehr gut beherrschte. Dennoch haben wir beide zusammen fünfzehn Werke von Goldoni in der Schell-Lormé-Übersetzung herausgegeben. Frau Lormé hatte eine große Sensibilität für Bühnengeschehen, wußte aber mit einigem nicht recht umzugehen.
Ich sehe zu großen Teilen in der Sprache Goldonis reines Bühnenhandwerk. Da müssen die Pointen sitzen. Besonders wichtig sind auch die Auftritte.
Bei der Übersetzung wußte ich immer, wenn etwas nicht stimmte oder falsch übertragen war; wenn Frau Lormé von einer Richtigstellung besonders angetan oder gar begeistert war, kniff sie scherzhaft meine Nase, die sie vorher in meinem Gesicht suchen mußte, weil sie ja blind war.
Ich wußte, was sie damit sagen wollte und freute mich über ihre Begeisterung.
Als sie starb, hat sie mir ihren Anteil an den Übersetzungsrechten übertragen.

Im Schillerjahr gab es einen vielbeachteten *Wilhelm Tell*, bei dem die Familie Schell gleich zweifach im Zürcher Schauspielhaus auftrat, Mutter Schell und Sohn Maximilian. Das veranlaßte einen Spaßvogel, die ausgehängte Kritik dahingehend zu ändern, daß er »*Tell*-Aufführung« durchstrich und drüber »*Schell*-Aufführung« schrieb.
In Bern habe ich auch *Die Braut von Messina* inszeniert. Jeder, der das Stück kennt, weiß, daß es Schillers sperrigstes Bühnenwerk ist.

Ganz bewußt haben wir alles sehr einfach gehalten: Ritterrüstungen aus silberangesprühten Juteteilen; auch die Ritterhauben waren von den Schülern selbst entworfen und angefertigt. Wir haben viel Lob geerntet.
Aber die Chöre haben wir so lebendig gestalten können, daß sie die Hauptattraktion der Freilichtaufführung waren.
Als mich ein Kollege lobend zur Seite nahm und fragte: »Wie haben Sie das gemacht?«, konnte ich nur noch murmeln: »Sprechtechnik!«

Umzug

Ja, in der Villa Wesendonck war es zum Schluß nicht mehr gemütlich.
Bauarbeiter rückten an. Zolldicke Nägel kamen einem plötzlich wie versteinerte Wurmgeister aus der Wand entgegen.
Wenn einer von uns baden wollte, gab es Diskussionen, weil die Bauarbeiter behaupteten, wahrscheinlich zu Recht, der Zugang zur Wasserstelle müsse frei bleiben.

Nur bei Maria machten sie eine Ausnahme, sie hatten sie offenbar ins Herz geschlossen. Aber sie wehrte sich gegen die staunenden Männer und verschob ihre Badezeit in die Nacht.

Maria hatte schon ihre ersten Erfolge. Das Geld, das sie beim Film verdiente, konnten wir gut brauchen. Aber den Herren von der Schulverwaltung war da einiges nicht recht. Unsere Auseinandersetzung lief auf einen absurden Dialog hinaus. Ungefähr so: »Wenn sie zur Schule geht, darf sie kein Geld verdienen. Wenn sie aber Geld verdient, darf sie nicht zur Schule gehen.«
Ich darauf: »Gut, dann nehm ich sie raus.«
Das dürfe ich nicht.
Schließlich blieb alles so, wie es war, weil ich nicht nachgegeben hatte.

An kleine Liebhaberaufführungen der Kinder im Garten

der Villa, um die Stimmung zu heben, war natürlich auch nicht mehr zu denken. Wir mußten raus.

Meine Freundin E. Wies, die ein Auto zur Verfügung hatte, fuhr mich dann in ganz Zürich herum. Dabei fiel mir auf, wo wir im ersten Jahr mit zwei Koffern schon überall untergekommen waren.
»Da!« und »da!« rief ich fast an jeder Ecke.
»Das hilft uns jetzt auch nicht weiter«, meinte meine Freundin humorvoll.

Unsere Suche nach einer neuen Bleibe fiel in eine günstige Zeit, weil damals viele Häuser zum Verkauf standen. Nur wir hatten ja wenig Geld. Und deshalb sahen wir uns nur die Angebote in der unteren Preiskategorie an.
Was wir da nicht alles zu sehen kriegten!
Ein ganz reizendes Häuschen in der Culmannstraße war besonders herzig. Es war winzig klein. Von früher hatte es noch einen kleinen angebauten Geißenstall, der mich rührte.
Es war ein Biedermeierhäuschen.

Ich war sofort Feuer und Flamme.
Eine alte Frau bewohnte es noch. Ihre Möbel waren eigentlich viel zu groß für das kleine Haus. Ich fing sofort an, die kleinen Zimmer in meiner Phantasie einzurichten.
Meine Freundin verständigte meinen Mann. Der kam und sah es sich an.
»Das Gärtchen ist klein, und man kann von allen Seiten hineinschauen«, sagte er. Ich wußte nicht, was er meinte.
Die ganze Grundfläche betrug zweihundert Quadratmeter. Also Haus und Garten.

Wir beschlossen, es zu nehmen.
Da es ziemlich heruntergewohnt war, wurde einiges an Baumaßnahmen nötig. Wir hatten also nicht nur die Kaufsumme zu bezahlen.

Eine Hypothek auf das Haus aufzunehmen war nicht möglich, da wir es ja noch nicht besaßen. Der Zinssatz für geliehenes Geld war sehr hoch. Wenn wir alles zusammenkratzten, was wir hatten, fehlte doch noch einiges.
Nicht nur guter Rat war teuer. An Pater Maier denken war eine Möglichkeit. Er war von den Nazis ermordet worden, und er hatte zur Zeit viele Gebetserhörungen, die der Heiligsprechungskommission in Rom gemeldet wurden. So war »an Pater Maier denken« schon fast ein geflügeltes Wort.
Ich habe am Abend etwas schamhaft an Pater Maier gedacht.

Am nächsten Morgen rief meine Freundin an. Sie hatte mit ihrem Mann gesprochen und ihm unsere Begeisterung für das Haus und unsere Bedenken, wie wir es bezahlen könnten, in allen Farben geschildert. Er wollte uns die fehlende Summe leihen.
Ich war begeistert, und in meiner Verwirrung stammelte ich auch etwas von Pater Maier. Sie verstand nicht. Ich war zu aufgeregt, es ihr zu erklären.
An Pater Maier denken! habe ich danach aber noch einige Male angewandt. Voll Dankbarkeit.

Es gab viel zu tun. Wir wollten so viel wie möglich selber erledigen, um die Kosten niedrig zu halten. Wir konnten unser Häuschen ganz nach unseren Wünschen einrichten. Es gehört zu den kleinsten Häusern von Zürich, ist aber sehr anmutig, auch heute noch.
Wir haben es geschickt eingerichtet, so daß wir alle darin wohnen konnten.
Mein Mann hat dann zwei Jahre später die noch verbliebene Schuld bezahlt.

Obwohl wir nach dem Krieg wieder unsere Hütte auf der Alm aufsuchen konnten – was wir auch taten, nachdem

sich unsere künstlerisch-geschäftlichen Angelegenheiten so weit ordnen ließen, daß wir einige Wochen in unserem Paradies leben konnten – und dort ja inmitten von Grün lebten, verschmähte ich das Pflanzen in unserem Gärtchen in der Culmannstraße nicht.
Ich finde, der Mensch vernichtet soviel Natur durch seine bloße Existenz, durch seine sich immer weiter steigernden Ansprüche, daß er pflanzen sollte, wo er pflanzen kann.

Zunächst hatte ich mir vorgenommen, soviel Obstbäume zu pflanzen wie möglich. Es blieb aber dann jahrelang bei einem für jedes Kind, weil ich sehen wollte, wie sie anschlugen, welche Obstsorte am besten gedieh.
Der Kirschbaum, den Maximilian von dem Gärtner geschenkt bekommen hatte, dem er vordem die Kirschen vom Baum stibitzt hatte, wurde eingepflanzt und gedieh gut.
Leider ist er inzwischen so in die Höhe gewachsen, daß die Kirschen eigentlich nur noch für die Vögel da sind; und die schaffen es, sehr viel Lärm beim Kirschenessen zu machen.
Als die Enkel kamen, sollte jedes Kind auch seinen Baum bekommen.

Mit dem Nußstrauch, den wir setzten, hatten wir weniger Glück. Es wurde zwar ein stattlicher Baum daraus, der sehr viele Nüsse brachte, aber vor einigen Jahren ist er eingegangen.
Ich ließ das Holz zerkleinern und als Brennholz aufarbeiten.
An die Stelle des alten Nußbaums ließ ich einen neuen Strauch setzen, der inzwischen als Baum prächtig in die Höhe geschossen ist.

Ich selber war in der letzten Zeit nicht mehr in der Culmannstraße. Ich höre allerdings von den dortigen Bewoh-

nern, daß sie sich über zuviel Schatten von den Bäumen beschweren.
Aber solange ich lebe, wird kein Baum gefällt, der nicht krank ist und nicht mehr leben will.

Vor mir steht ein Glas Brombeerkonfitüre. Ein Glas, das sich lange versteckt gehalten hat. Meine Freundin Hedy Meier hat es gemacht; sie war immer die fleißigste beim Brombeerpflücken. Es gab so viele, offenbar war der Boden um unser Hüsli herum besonders gut geeignet, oder das Klima dort ließ sie prächtig gedeihen.
Die ganze nördliche Seite war eine einzige Brombeerhecke.

Der Ofen, von dem ich noch berichten will, hängt mit dem 50. Geburtstag meines Mannes zusammen.
Ihm gefiel sein Biedermeierhäuschen inzwischen sehr gut. Und ich überlegte mir, daß es etwas aus der gleichen Zeit sein solle, was ich ihm schenken könnte. Zusammen mit meiner Freundin machten wir uns auf die Suche durch die Geschäfte.
In einem machte uns ein Händler auf einen Kollegen aufmerksam, der einen wunderschönen Rokokoofen habe.
Meine Freundin war ganz gerührt ob des wunderbaren Symbolwertes: Ein herrlicher Ofen würde inmitten des Hauptzimmers thronen und seine Wärme unser Alter beleben.
Ich sagte etwas spitz: »Der Mann wird fünfzig, und ich bin es noch nicht einmal.«
Sie ließ nicht locker. Erst als wir vor dem Kollegen des Händlers standen, der uns den Tip gegeben hatte und der uns vor den Ofen führte, wurde sie ruhig. Sie sagte nichts mehr.

Ich betrachtete den Ofen, ließ das Gerümpel um ihn herum wegräumen.

Meine Freundin stieß mich an und sagte: »Du willst doch diesen Trümmerhaufen nicht kaufen.«
Nun, ich habe ihn gekauft.
Etwas war an ihm, das mir gefiel.
Ob ich seinen wirklichen Wert erkannte? Ich will es nicht behaupten. Vielleicht habe ich ihn aus Trotz gekauft, weil er eben wie ein Trümmerhaufen aussah.
Ich habe die Blumenzier im oberen Teil nacharbeiten lassen; beim Restaurieren der anderen Teile kam heraus, daß es sich um einen Nürnberger Ofen handelte.
Beim Aufsetzen in unserem Zimmer kam die Jahreszahl heraus. Wenn ich mich jetzt nicht irre, ist es 1748.
Mein Mann war sehr überrascht.

... und man hätte ein junges Herz behalten

Irgendwann muß Schluß sein, obwohl man ja das Erzählen aus dem Leben so lange fortsetzen kann, bis man stirbt. Ich will es nicht zu weit treiben.
Vieles ist mir wieder eingefallen und ich habe es immer wieder vergessen. Mal hatte ich kein Schreibgerät zur Hand, ein andermal konnte ich die Stelle im Manuskript nicht finden, die ich ergänzen wollte.

Ich bin ja keine Schriftstellerin und wollte es auch nie werden. Nur hieß es eines Tages: Du mußt das alles mal aufschreiben. Es gäbe ein öffentliches Interesse.
Nun bin ich Gott sei Dank bescheiden genug geblieben, um zu wissen, daß, gibt es ein öffentliches Interesse, dieses Interesse eher meinen Kindern gilt als mir.
Das habe ich beim Schreiben auch berücksichtigt.
Ein wenig Geschichte unserer Familie, um, wo wir herkamen, zu begreifen.
Meine Gedanken und Empfindungen, bevor die Kinder da waren.
Was ich fühlte, als die Kinder kamen.
Wir wir gemeinsam gewachsen sind.

Von der Not habe ich berichtet, nicht um zu klagen, sondern um verständlich zu machen, daß vieles nicht auf Rosen gebettet war.
Ich bin nicht zur Exhibitionistin geboren; eher bin ich schamvoll und verschweige auch lieber, als ich breittrete.

Und so habe ich mich lange gegen das Aufschreiben gewehrt. »Was geht es die Leute an, wie ich gelebt und empfunden habe?« habe ich mehr als einmal gesagt.
Meine religiösen Empfindungen, beispielsweise, habe ich nur so weit erwähnt, wie mir mein Glaube Einschnitte in meinem Leben bescherte. Ansonsten betrachte ich meine Religion als meine Privatsache.

Nun klingt mir mein Vorgebrachtes plötzlich scharf. Das soll es nicht. Ich habe im Erinnern und Aufschreiben viel Freude empfunden. Ich hoffe, daß sich das auf den Leser überträgt.
Und auch jetzt könnte ich fortfahren, Einzelheiten aus unserem Leben zu berichten: Wie ich beispielsweise mit meinem Sohn Carl viel Spaß hatte, als wir zusammen in einer Verwechslungskomödie spielten; wie Maria ihren ersten Film machte, ein sehr einschneidendes Ereignis in unserem Leben; wie Maximilian den Oscar bekam. Und nicht zuletzt davon, wie ich für Immy gebetet habe nach ihrem schweren Unfall, und wie Gott mich erhört hat.

Aber ich finde, das Leben gehört jetzt meinen Kindern. Und wenn sie darüber berichten wollen, dann sollen sie es tun. Maria hat es schon getan. Und es würde nicht viel bringen, wenn ich noch einmal aus meiner Sicht die Ereignisse des Lebens der Kinder im Erwachsenenalter beleuchten würde.

Es ist mir in einigen Fällen und besonders in den Passagen um das Kennenlernen meines Mannes, unangenehm gewesen, mich in der Schilderung so herausstreichen zu müssen. Ich habe es getan, um meine Kämpfe zu zeigen. Ich habe es aber auch getan, um ein wenig auf die Hand Gottes zu zeigen, in der wir uns ja alle befinden.

Was war das für ein Jahr, dieses 1991. Welche Prüfung. Beinahe hätte ich zwei meiner Kinder verloren. Maria und

Immy. Warum? Oder muß ich anders fragen? Ja, es sind meine Kinder, aber ich bin doch nicht mehr verantwortlich. Und außerdem hatte der Verkehrsunfall von Immy mit dem verzweifelten Aufschrei von Maria, mit ihrem sich Einsinkenlassen in Hoffnungslosigkeit, nichts zu tun. Dann wäre übriggeblieben nur der Tod, der Tod wie eine Schrift auf der Wand.

Ich lese viel, nun, da meine Schreibarbeit zu Ende geht. Ob es mich nach Weisheit dürstet oder ob ich mich nur ablenken will? Immy fragte mich gestern still und nachdenklich, ohne Vorwurf: »Weißt du überhaupt noch, was du da gelesen hast?«
Sie sieht es wahrscheinlich meinem Gesicht an; vielleicht wirkt es traumverloren. Aber es hat nichts von Träumen. So ganz genau weiß ich auch nicht, was vorgeht. Manchmal schlafe ich auch nur ein bißchen ein. Aber davor sind es Sätze gewesen, die nur noch halb angekommen sind. Die fehlende andere Hälfte habe ich zu einem neuen Geschehen beigetragen.

Oder aus dem Zusammenhang bricht ein Satz auf wie der: Ein Herz stirbt nur wirklich, wenn es alt geworden ist. Nichts ist schrecklicher als ein junges Herz in einem alten Körper.
Wo hatte ich den Satz gelesen? Warum stand er plötzlich so deutlich vor mir, daß ich mich erhob und aus dem Bett aufstand. Ich rief Gusti nicht, daß sie mir beim Anziehen helfe. Wie eine störrische Alte, die ich bin, versuchte ich es allein und schaffte es. Auch die paar Schritte von meinem Zimmer rüber in die Küche – sozusagen das immerzu pochende und lärmende Herz unserer kleinen Wohngemeinschaft – schaffte ich allein.

Morgens wollen meine Beine viel langsamer aufwachen als ich selber. Das meine ich so, wie ich es sage. Meine

Beine kommen mir manchmal vor wie meine Feinde. Jedenfalls muß ich ihnen gut zureden, wenn ich was von ihnen will. Das tue ich dann auch. Und es hilft sogar.
Aber diesmal war ich ungeduldig.
Es war kalt im Flur. Irgendwer, wahrscheinlich eins der Kinder, Enkel von Gusti, hatte die Tür offenstehen lassen. In der Nacht war Schnee gefallen. Jetzt brannte die Sonne eine weiße, kalte Glut zu mir hin.
Die Tür schließen! Das waren drei Schritte mehr.
Also ließ ich sie offen und stolperte ein bißchen in die Küche hinein. Gusti erschrak nicht. Sie ist für so etwas Überflüssiges wie Erschrecken viel zu praktisch. Aber meine praktische Tochter Immy erschrak und schimpfte auch gleich mit mir.

Seltsam, das rührte mich.
Hatte ich nicht früher auch oft geschimpft, wenn ich es besonders gut meinte. Keine Frage.
Was ich zum Frühstück wolle, fragte Gusti.
Ich sagte: »Ein Ei.«
Es war aber etwas anderes, was mich aufgetrieben hatte. Immy war ungewöhnlich blaß. Kam das vom Schnee draußen? Saß sie ungünstig, so daß ihr Gesicht vom hellen Schein ausgezehrt wurde? Oder ging es ihr nicht gut?
»Wie geht es dir?« fragte ich.
Sie sah mich erstaunt an.
Und als wäre sie an meiner Statt plötzlich in den starren Sinn des Alters gefallen, kniff sie die Lippen zusammen und öffnete sie erst wieder, als sie das Brot, das sie mit Butter bestrichen hatte, zum Mund führte.

»Hast du Schmerzen?« fragte ich.
Sie darauf: »Gestern, bevor es zu schneien anfing.«
»Warum hast du nichts gesagt?«
»Weil du gelesen hast.«
Als sie aus der Klinik hier herauf auf die Alm gefahren

wurde, hat sie mich umarmt wie lange nicht mehr. Ja sie hat in meinem Arm gelegen wie ein ganz kleines Kind. Und Immy, die als Kind schon immer das Weinen unterdrückt hat, lag in meinen Armen und weinte.

Ich habe sie zu trösten versucht. Das hätte ich lieber lassen sollen.
Sie ist wie ich, mißtrauisch gegen jedes falsche Gefühl, so daß sie die echten Gefühle auch manchmal unerbittlich in ihrem Eifer verfolgt.
Sie wirft mir vor, daß ich gefühlskalt bin.
Hat Immy ein altes Herz?
Ich sah sie an, wollte nicht an den Tod denken. Der war ja überwunden für dieses Jahr. Gott hatte ihn als Warnung geschickt. Hatten wir eine Welt aufgebaut, in der es zuviel Eitelkeit gab? Hatten wir alle den berechtigten Stolz auf das Erreichte übertrieben?

Und ich am allermeisten. War ich nicht die stolzeste von allen? Was für eine Art Herz habe ich denn?
Der Satz vom Herzen, das alt sein muß, um einen friedlich sterben zu lassen, wenn es an der Zeit ist, spukte mir im Kopf herum. Natürlich war das im übertragenen Sinne gemeint. Aber stimmte er denn überhaupt, dieser Satz? Konnte in einem alten Körper ein junges Herz stecken? Das war ja die vorwurfsvolle Behauptung, die unausgesprochen in dem Satz lag. Und junges Herz, das bedeutete Eitelkeit. Verführbar sein. Vielleicht sogar noch falsche Hoffnungen nähren.

Vorsichtig schob ich den Satz zur Seite; vorsichtig, damit er nicht zuviel aufwirbeln sollte. Ich war über Wochen in einer schrecklich nachdenklichen Stimmung gewesen.
Einen anderen Satz wollte ich haben, wollte mich ablenken; war ich meiner Tochter nicht fremd geworden, sah sie mich deshalb so an? Vielleicht hatte mich das Schreiben

sogar in eine nörgelnde Stimmung gebracht. Selbst Gusti hatte gemeint, ich sei wie versunken manchmal. Und da ich an das dachte, was ich geschrieben hatte, fiel mir der Anfang unter dem Kußbaum ein.

Mit einem Mal wußte ich, daß ich meine Erinnerungen in der Zone des Todes begonnen hatte. Tod und Erinnern! Eine Zeile meines Mannes.
Der Schatten im Sommer, den ich unter dem Baum aufgesucht hatte, war der Schatten des Todes gewesen.
Er war näher gekommen.
Er hatte sich wieder entfernt.
Warum hatte er mich nicht genommen?
Sollte ich noch hierbleiben, damit sich etwas verwandeln konnte? Was?

Ich hatte einen neuen Satz gesucht und war auf ein Gefühl gestoßen. Es war ein Gefühl des Glücks nach vielen Wochen dumpfer Trauer und Melancholie.
Ich würde unter dem Kußbaum sterben. Bald.
Und ich wollte Immy die Stelle zeigen, wo ich im Frühjahr schon wieder sitzen würde.
Die Erinnerungen hatte ich hervorgeholt, um alles noch einmal zu berühren. Und ich hatte die verborgene weiche Stelle meiner Tochter Immy berührt.
Es war ein guter Frieden geworden.

Dementsprechend keck muß wohl meine Frage geklungen haben: »Kannst du gehen?«
Die Kinder stürmten herein und verschwanden gleich wieder wie ein Spuk. Es war für ein paar Minuten schrecklich laut gewesen. Jetzt nur noch das Knistern der frischen Holzscheite, die Gusti im Herd nachgelegt hatte.
Die Antwort meiner Tochter, auflehnend, als hätte ich mich wieder einmal lustig gemacht über sie: »Warum soll ich nicht gehen können?«

»Weil du Schmerzen hast.«
»Ich hab keine Schmerzen.«

Nachdem ich das Ei gegessen hatte – das wieder mal viel zu hart gekocht war, aber ich sagte nichts –, versuchte ich Immy zu überreden, mit mir nach draußen zu gehen.
Sie war in den ersten Tagen recht weich und anschmiegsam gewesen. Jetzt stachelte sie wieder. Im Grunde war ich froh, es paßte besser zu ihr. Vielleicht hat sie sich von klein auf einen Panzer zugelegt, weil sie die Verletzlichste war. Wer weiß. Und es bringt ja auch nichts, dieses Vergleichen.
»Was willst du im Schnee?« fragte sie.
»Dir was zeigen.«
»Was denn?«
»Ich kann es dir hier nicht sagen.«

Gusti besprach mit Immy das Mittagessen.
Immy hatte die Rolle der bestimmenden Hausfrau übernommen. Es sollte etwas sein, was man leicht aufwärmen kann. Maximilian und Carl wurden mit ihren Familien erwartet.
Und wahrscheinlich so um den 22. Dezember herum würde Maria nach ihrer Hüftoperation, sicher auch reichlich blaß, bei uns allen hier oben landen.
Wir hatten es wieder einmal geschafft. Ich sagte das still und ohne Lächeln. Auch Siege sind doch letzten Endes nur Geschenke. Es waren Spiele des Todes gewesen. Wir hatten gewonnen, aber ohne Verdienst.

Meine Tochter sprach plötzlich zu mir, wie man mit einer Dreijährigen spricht. »Wenn du den Schnee sehen willst, dann gehen wir auf die Terrasse«, sagte sie.
Darauf ich: »Den Schnee kann ich auch hier durch das Fenster sehen.«
»Was willst denn dann?«
»Dir was zeigen.«

»Was?«

Wir stritten uns. Das heißt, jeder von uns ließ ein bißchen Starrsinn gegen den anderen fallen.
Sie hatte ja recht.
Was wollte ich ihr denn wirklich zeigen?
Was war denn unter dem Kußbaum zu sehen?
Wir standen auf der Terrasse, beide in dicke Mäntel gehüllt. Immy hielt meine Hand. Weil ich es nicht abwarten konnte, bis der Schnee weggeräumt worden war, sind wir beide bis an den Rand der Terrasse vorgestapft, dabei hat Immy mich zuerst mit dem Arm gehalten; und jetzt hielt sie eben noch meine Hand, damit ich sicher stand.

Der Kußbaum wirkte merkwürdig starr, fast schwarz, und seltsamerweise beinahe ohne Schnee, seine Spaltung vom Blitz wie eine tiefe Wunde zeigend, aus der aber kein Blut mehr fließt; nur noch die Wundränder eines Krüppels.
Kleine, verlorene Schreie der Kinder, die ihrem leeren Schlitten hinterherliefen.
»Im Frühjahr wird er wieder grün sein, und im Sommer wird er wieder ganz wie ein lebendiger Baum aussehen, der er ja trotz allem ist.«
Immy starrte auf den Baum. Ich sah auf die Zudecke des Schnees über den Hügeln.

Hatten die Schmerzen meiner beiden Töchter mein Herz alt werden lassen? Sterbensbereit in einem immer weiter sterbenden Körper?
Was wollte ich noch lesen? Was gab es noch zu erfahren?
Nur noch die Leichtigkeit, die Leichtigkeit des Schwebens war zu erfahren. Das Bild von den Engeln, das ich im Sommer gespürt hatte, kam mir wieder in den Sinn.

Dann sagte ich ganz unvermittelt: »Der Baum hat jetzt keinen Schatten mehr.«
Und obwohl wir gar nichts gesagt hatten, lange Zeit nur

geschaut, schien Immy verstanden zu haben, was ich meinte. Mir kam, was ich wirklich gesagt hatte, erst in der Nacht zum Verstand.
Sie sagte: »Ein bißchen hat er doch nur, ganz kleine, dünne Schatten im Schnee.« Und sie weinte.
Als wir uns umdrehten, um wieder zurück ins Haus zu gelangen, fragte sie: »Was wolltest du mir denn zeigen?«
»Ich weiß es nicht mehr«, sagte ich.
Und das stimmte, ich wußte es in dem Moment wirklich nicht mehr.

Carl bog um die Ecke. Er streckte sein gutes, kräftiges Gesicht vor wie ein Junge, der Verstecken spielt und nicht weiß, wo das Spiel inzwischen angelangt ist.
Immy hielt mich immer noch.
Bald würde Maximilian in der Tür meines Zimmers stehen. Ich würde mich etwas hinlegen, nachdem ich Carl, seine Frau und die Kinder ausgiebig begrüßt hatte. Und kurz vor Weihnachten würde Maria erscheinen.
Ein warmes, weiches, wohliges Gefühl durchströmte mich.

Die Kostbarkeit des Augenblicks

Maria Schell, international anerkannt als eine der großen Schauspielerinnen der Gegenwart, schildert ihr Leben und ihre Karriere in Impressionen, Erlebnissen, Begegnungen:
Erlebnis Theater — oder das Interview, Kindheit oder die unerfüllbare Chancengleichheit, Jugend damals — Jugend heute, Blumen aus russischen Gärten – oder über die Liebe, Wo bleibt die Seele – oder über den Tod, Karriere – am Rande.

Balance eines Lebens

Die Lebenserinnerungen von Luise Ullrich gehören zu den beglückendsten, weil ehrlichsten und ursprünglichsten ihres Genres. Sie zeugen von dem herausragenden schriftstellerischen Talent der beliebten Schauspielerin, die menschliche Begegnungen und zeitgeschichtliche Beobachtungen mit Treffsicherheit, Hintergründigkeit und viel Humor nachzeichnet.

Langen Müller